青春美文系列丛书

那些安分守己的忧伤

朱成玉 ◎ 著

群众出版社

图书在版编目（CIP）数据

那些安分守己的忧伤 / 朱成玉著. — 北京：群众出版社，2015.7
（青春美文系列丛书）
ISBN 978-7-5014-5390-0

Ⅰ.①那… Ⅱ.①朱… Ⅲ.①散文集—中国—当代 Ⅳ.①I267

中国版本图书馆CIP数据核字（2015）第150999号

青春美文系列丛书

那些安分守己的忧伤

朱成玉　著

出版发行：群众出版社
地　　址：北京市西城区木樨地南里
邮政编码：100038
经　　销：新华书店
印　　刷：北京泰锐印刷有限责任公司

版　　次：2015年9月第1版
印　　次：2015年9月第1次
印　　张：7
开　　本：880毫米×1230毫米 1/32
字　　数：160千字

书　　号：ISBN 978-7-5014-5390-0
定　　价：24元

网　　址：www.qzcbs.com
电子邮箱：qzcbs@sohu.com

营销中心电话：010-83903254
读者服务部电话（门市）：010-83903257
警官读者俱乐部电话（网购、邮购）：010-83903253
公安综合分社电话：010-83901870

目 录

立 秋

半个苹果的悔   001

被落叶惊醒的下午   004

不在褶皱的时光中与你相逢   007

风是父亲的苦难   010

经得起回味的暖   013

落日未凉，不必悲伤   016

落叶是疲倦的蝴蝶   019

我爱的树叶还蹦跳在树上   022

向一些灵魂道歉   025

一根善的拐杖   027

游吧，趁着时光还未老去   030

愿梅花不要落得太快   032

皱纹是灵魂的梯子   035

处 暑

爱上一棵为我保守秘密的树　　　　039

那些安分守己的忧伤　　　　042

山的鬓发间簪满了狐狸　　　　046

山路上的小雏菊，请你在重阳等我　　　　048

十捆柴禾　　　　050

我的光阴嫁给了一个影子　　　　054

兄弟是彼此的饭　　　　057

选择是一副祖传的老花镜　　　　060

一棵草咬住了秋天　　　　062

月亮再弯，亮着就好　　　　065

在低音区漫游的蝌蚪　　　　068

枕上安眠，云端漫步　　　　071

白 露

遍地丛生的碎屑　　　　074

揣进口袋的星星　　　　077

穿过骨头抚摸你　　　　081

合上济慈，翻开雪莱　　　　084

马不停蹄地奔向枯萎　　　　087

失眠的海　　　　090

为我瘦的人　　　　　　　　　　　　093

蚊子喜欢溜墙根　　　　　　　　　　095

一棵树的诞生　　　　　　　　　　　098

一粒飞翔的扣子　　　　　　　　　　102

月亮是妈妈的枕头　　　　　　　　　105

在世上留个响儿　　　　　　　　　　107

只想到秋风里走走　　　　　　　　　110

秋 分

爱我的人请乘火车来　　　　　　　　113

把光阴勾兑成酒　　　　　　　　　　116

不仅仅是一颗牙的疼痛　　　　　　　119

等爱，把我缝补得完好如初　　　　　121

梦在凌晨结了一层薄薄的冰　　　　　123

时光不旧，只是落满尘灰　　　　　　126

睡在炊烟里的母亲　　　　　　　　　129

一只天鹅的蓝色眼泪　　　　　　　　132

在秋天里想想春天的事　　　　　　　134

最后一袭窗帘　　　　　　　　　　　137

寒 露

安顿灵魂的月光　　　　　　　　　140

把眼泪和风串到一起　　　　　　　143

出生前的那片海　　　　　　　　　146

风不能拯救叶子　　　　　　　　　149

磨盘是故乡的一颗痣　　　　　　　152

为爱奔跑的毛线　　　　　　　　　155

乡愁的二次方　　　　　　　　　　157

心有牵挂，爱才会扎根　　　　　　160

一面墙的皱纹　　　　　　　　　　163

一滴露水的疼　　　　　　　　　　166

最好的玉引来最美的月光　　　　　169

一秒钟的蝴蝶　　　　　　　　　　172

霜 降

像水一样流淌　　　　　　　　　　175

爱情里的茶香　　　　　　　　　　178

找不到家的天使　　　　　　　　　180

差一点忘记你，父亲　　　　　　　183

别让时光把你倒着拎起来　　　　　186

走走神，发发愣　　　　　　　　　189

驯服苦难的烈马　　　　　　　　192

祖母是一片不知愁的落叶　　　195

一个夜晚的赌注　　　　　　　198

我是一棵孤立无援的树　　　　201

因为那是生命　　　　　　　　204

一念菩提　　　　　　　　　　206

半饱的人生　　　　　　　　　208

一个人，无法安慰一棵草　　　210

争气永远比生气漂亮　　　　　212

立 秋

秋天也会踮起脚尖儿吧，她在够一只蜻蜓。她把蜻蜓当成了簪子。今天风大，头发很乱。

——立秋

半个苹果的悔

很小的时候，苹果树在我们这里极其罕见，方圆十几里，好像就我奶奶家有一棵。或许是水土不适，在我的记忆里，苹果树上每年只挂着几个零零落落的果实，个儿不大，却很香甜。在那个贫穷的年代，这几个苹果成了高档品，因为我是爷爷奶奶的长孙，是全家十几口人的宝贝疙瘩，附近的小朋友总是羡慕我一年能吃上几个苹果。

10岁那年，苹果树许是老了，整棵树上只结了一个苹果，因为这是唯一的一个苹果，所以我老是抬头看它——打我发现它的那一天起。我看着它慢慢长大，从青涩到微红，然后这红色一点点加深。其间，我总是担心它会被风吹落下来，或者被虫子蛀了，或者被小鸟吃了，有个调皮的邻居小伙伴，比我大一岁，也许是嫉妒，也许是馋嘴，总不时拿石头去投那个苹果，于是我总跟他急，阻止他的暴行，并为此和他吵架。非常庆幸的是，那小可爱一直好好地挂在那里，好像它本该只属于我。直到红透了，我让大人摘下来，握在手里，闻着、亲着，久久舍不得吃，那香味是如此地清新甜蜜。也许因为这是唯一的，也许因为期待的时间太久了，所以才让我如此喜悦，如此爱不释手，所以那香味一直漫溢。

"能分给我半个苹果吗？"那顽皮的小子不知啥时候冲到我前面，对我说，"一小半就行啊，我想让爷爷尝尝苹果的味道。爷爷生病了，躺在床上，他一辈子都没吃过那么好吃的苹果呢！"

这可是我等了一年的苹果啊，我多少光阴都耗在了守护它上面，现在有人竟要和我分享这个苹果，我怎么舍得呢？可是他的哀求又让我无法拒绝，毕竟那是一颗孝心呢。

好吧。我无比悲壮地作出了决定，把我的宝贝使劲地掰开，空气中瞬间弥漫着它的甜味。

我迟疑了一下，但还是把大的那一半给了他，他一边道谢一边接过来，刚转身走了没几步，我就看见他迫不及待地偷偷咬了一口。

"你……"我顿时感到一种被欺骗的屈辱。

我看见他的脸红了，一边跑一边喊："剩下的给爷爷吃，我就吃了一小口。"

他果然是骗了我，因为我看见他的爷爷正赶着牛车从我家门前经过，健硕的手臂使劲挥舞着鞭子，嘴里"驾驾"地吆喝着，声若洪钟。

　　从此，他见了我就浑身不自在。他是一个自尊心极强的人，我们在一个小学上学，他比我高一届，学习成绩一直都名列前茅。自然，见面的时候很多，他就像老鼠躲猫一样地躲着我，我猜他大概是担心我把他骗苹果吃的事情抖搂出去吧。他不知道，其实我早就已经不介怀这件事了。

　　后来，不知道什么原因，他辍学了，我们没再见过面。直到30年后，我衣锦还乡，无意间见到了同样已是人到中年的他。他胡子拉碴，全身上下也都脏兮兮的，40多岁的人了，还没娶上媳妇，没有工作，在家养了几头猪，勉强维持生计。

　　问起当年为何辍学，他挠着头，有些不好意思地说，一来是因为家里条件困难，二来是因为他总怕我在同学中间把他骗苹果吃这件事传播开来，他会受不了的。

　　他说那时候每天脑子里就只有那半个苹果，他恼恨自己的嘴馋，更恨自己编的那个谎言，以致学习成绩下降了许多，也就水到渠成地干脆退了学。

　　我很讶异，按理说他的学习成绩那么好，如果能够继续上学，一定会比我更有前途，可是就因为这个小得不能再小的事情，改变了他的一生。

　　那半个苹果就像他的人生，也跟着丢失了一半，美好的那一半。

　　那半个苹果的谎言，就像一条蛀虫，毁掉了他一生的苹果树！

被落叶惊醒的下午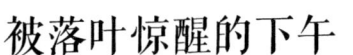

　　秋无声息地从命运的缝隙间穿过，直抵我的门前。在那个阳光明媚的下午，我依然在稿纸上晾晒着年轻的往事。直到一片落叶跌到稿纸上，才让我猛然惊醒。叶落而知秋，是秋来了吗？不知不觉将你的脸化妆出一点沧桑的味道来。记忆中的一些面孔，一些曾经弥散着香蕉味和苹果味的名字，开始纷纷在这个窗口和你约会。

　　我惊醒，在这个下午。长长的火车在窗外飞驰而过。我感觉到青春就在那列火车上一刻不停地奔跑，穿过一片火红的枫林，一片沉寂的湖泊，离我越来越远，渐渐听不到一丝声响。

　　果真是秋来了呵！我颓然地伏到桌面上，像一个被忧伤腐烂的苹果，甚至无法从左手传递到右手。翻遍身上所有的口袋，里面揣的全是湿湿的怀念。

　　忧伤的萨克斯是秋天的，我不敢倾听，怕心灵的弦被忧伤扯断；滴血的天鹅是秋天的，我不敢观看，怕湖面上的绝唱哑了我的喉咙；叶赛宁是秋天的，我不敢去吟诵，怕触摸到蓝色的眼泪；川端康成是秋天的，我不敢去读，怕读到他"临终的眼"……

　　风吹走了喧哗与躁动，秋天只剩下果实，赤裸裸地挂在枝

头。没有花的陪衬，没有叶的修饰，性感的果实迫不及待地滚落到地上。

果真是秋来了呵！我不再奔跑，而是静静地坐下来。抽屉里装满往事，笔尖上流泻出对那些逝去的美好事物的留恋。喜欢守着炉火，静静地翻阅年轻时代的相册。一切都淡了、远了，一杯茶就足以消磨一个下午，一个简单平凡的工作就消磨了一生。

或许这本该是个怀念的季节吧。我有些悔意了，为我终日里不曾关闭的窗子。总该留住些什么吧，哪怕仅仅是一片叶子，一只蝴蝶。让这些年轻而美丽的外套永远夹在我的书页里，贴在我的心扉上，装饰我的生命。

收割的镰刀把一切都割倒了。我学着那些被割倒的稻穗，温柔地躺下。土地是炙热的，像我来不及表白，仍在心中翻滚的爱情。

又有叶子跌落到稿纸上，又有火车在窗外飞驰而过。青春真的离我远去了，在我看不见、摸不到的时间的深渊。抚摸着怀中那枚又红又大的苹果，无数次问自己，你的青春是否完成了灿烂辉煌的使命，像这苹果，在高高的枝头唱响生命的歌，直到有一天，光阴腐烂了我们的身体，但仍会有一枚不死的干净的果核，微笑着植入地下，孕育一棵更高大更伟岸的树，守在一个个季节的风口。

每个人都不可避免地要迈进秋的门槛，每个人都要在纷飞的花瓣间拾回自己的心灵。红色的花瓣落在头上的时候，它是一种幸福的象征。白色的花瓣落在胸口的时候，有些疼痛，是对逝去青春默默的怀念。而我们还有很多很多的路要走，还有很多很多的脚印要来这个秋天汇合。秋只是那漫漫征途上一个美丽的小站，秋本不该是尽头，秋天依然蓄着激情与希望。

那些安分守己的忧伤

走遍秋的每一个路口，读尽秋的每一缕皱纹，我告诉自己，就这样赖在秋天不走吧，哪怕站成痴痴的树，脱落一件件激情的外衣；哪怕站成呆呆的人，任凭那杜鹃声声，杨花满袖。

哪怕剩下最后一双草鞋，也要奔走，哪怕剩下最后一棵草，也要当作旗帜。

秋是斑驳的秋，像皱纹、像网，像风雨洞穿的叶子；秋是斑驳的秋，像卸妆的演员，洗尽铅华，素面朝天。像历尽沧桑的老人，卸下所有的债，扔下许许多多的牵挂和念想，在身后。

我平静，如这秋日的湖面。尘埃落定，静静的秋的天空，缀着几块干干净净的手帕，随时可以拧出眼泪来——那是轻轻敷在离家在外的游子们伤口上的补丁。

我宁愿舍弃布满草莓与红唇的春天，宁愿舍弃玫瑰与阳伞一起盛开的夏日，转身走进这秋，一生也不回头。

不在褶皱的时光中与你相逢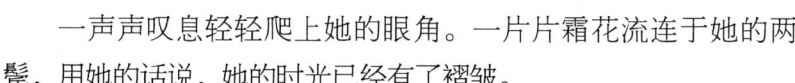

　　一声声叹息轻轻爬上她的眼角。一片片霜花流连于她的两鬓，用她的话说，她的时光已经有了褶皱。

　　她躲避着，不再与他相见。每次他来，都会扑空，渐渐地，他的心也便空了。其实他不知道，每次他的到来，她都知晓，而且她的心，依然随着他的心在跳动。只是，她不愿再见他，因为她只想把自己光滑如锦缎的那一面留给他。

　　最美的时候过了，她只有将一步步挪向他的脚步收回来，用钉子钉住。

　　曾经，她和他有过一段美妙的恋情。但迫于重重阻力，他们的爱情终没有结出果来。

　　从此，一别经年。依然在同一个城市里，彼此却仿佛相隔天涯。

　　他娶了妻，生了子，仕途也春风得意。她却从此深居简出，经营着她美丽的文字，没有再和第二个男人发生一点点关系。

　　直到有一天，他的妻子因病离世。他开始疯狂地寻找她，她却开始躲避。

　　她在心底对他说："我不能，不能在褶皱的时光中与你相逢。我不要在秋草深处与你对望而戚戚无语，我不要在冬日炉边与你浅酌而冷冷清清。如果，那光阴永不可追，如果，再看不见你的脸，那么，我会记住你的影子，我愿以爱相许。在你的影子面前披红挂彩。既然，没有在最美的年华开花结果，那么就不要再来寻我吧。有回忆做伴，我并不孤独。"

美国女诗人狄金森一生没有结婚。隐居在家，独善其身，为自己构筑了一个诗歌的美的世界。她厌恶社交界，毫不客气地认为那些人的谈吐使她的狗都感到难堪；她拒绝出版界，认为发表就是拍卖了人的灵魂，让灵魂有了褶皱。

狄金森天资聪慧，静淑幽默，敏于感受，巧于模仿。她早年既流连于山水之间，钟情于自然界的花开花谢，潮起潮落，又不忌讳人际交往，谈吐幽默，举止优雅，一度是小城社交界的红人。23岁时她第一次随父亲出远门到华盛顿，谁知竟在费城邂逅她命运的化身——沃兹华斯牧师，再然后是一家报社的编辑鲍尔斯，两个人都是已有家室的人，所以这两段爱情都还没有开始便早早结束。从此以后，她归隐故居，闭门谢客，终身不嫁。邻人偶尔会瞥见她的一袭白袍，称之为"白衣女尼"。

一往情深而又无可回报的爱情的绝望，无法挽留被死神攫走的亲友们的绝望，以及帘卷西风，寂寞黄昏时的孤独的绝望，都曾经那么频繁地扼紧她的喉咙，沧桑着她的额头，憔悴着她的脸颊。但她选择了在她的诗歌里怀念自己早逝的爱情，她将她的爱存放于真空里，一直保鲜。她的岁月生了褶皱，她心底的爱却光滑如新。

既然无法与心仪的人执手，共度春秋，她便也不再移情别恋，不再对其他男人敞开心扉。尽管47岁的时候与洛德法官有过一段恋情，但终是不了了之。因为她的心门只是开了一条缝而已。紧接着，她永远关上了门，再不开启。

1886年春天，狄金森死于肾炎。弥留之际的遗书上仅有一个字：归。

与其说她是"为美而死"，不如说是"为美而生"。世人记取的，永远是她的光滑如锦缎般的诗歌，而不是她褶皱凄清的人生。她是孤独的，却也是睿智的。

那个躲避初恋情人的女人也是聪明的。在她看来，褶皱的时光里已生满了怨怼、怀疑和不满，它们就像一只只虱子，在岁月的夹缝中生存。一些体面的人，看起来表面光鲜，实则痛痒难耐。毕竟，不再是没有一丝污染的年轻时的心湖，毕竟，不再是没有一片雪花的黑发丛林。

一张褶皱的纸可以还原，一张褶皱的脸可以换掉，可是，褶皱的人生可以重新熨平吗？既然不能，就请允许我，不在褶皱的时光中与你相逢。

风是父亲的苦难

　　起风了。我与风并无恩怨，只是，它的每一次到来，都会吹落我心头的泪水。我的泪水为父亲而流，我一生的泪水中，父亲，是最大的一颗。

　　风，对着一棵树推来搡去，像推搡一个人的命运。那棵树像父亲，看着瘦削，却苍劲有力，我们是他的儿女，一根根枝条，健康地成长，向着不同的方向。

　　记忆中，父亲从来都是不惧怕风的，再大的风都没阻挡住过他回家。

　　起风了，炊烟醉了酒一般东倒西歪。邻居家的菜肴香味飘进来，父亲咂咂嘴，似乎闻着这香味就可以下饭了。别人家的好味道可以刮进来，别人家的好日子却刮不进来，别人家的好味道只会让父亲碗里的咸菜更咸。

　　风总是围着父亲打转。忙着在父亲的脸上雕刻沧桑，忙着在父亲的手掌堆积老茧，忙着在父亲的头发里掩埋霜花……父亲无法阻挡那风，我们也没有办法。那么肆无忌惮的风，就像刻意蹂躏父亲的命运，但是父亲始终挺立着，尽管背已微驼。

　　风像鞭子，抽打着父亲这个陀螺，使其一生都无法停止劳作。因为决策失误，我和哥哥一起经营的公司倒闭，还欠下很多

债务。退休在家的父亲不得不重新披挂上阵，开了一个汽车修理铺，要赚钱替我们还债。我们这些不争气的儿女，不仅没能让父母过上衣食无忧的好日子，还给他们添了沉重的负担。那日回老家，看到父亲顶着花白的头发，在修补一个个轮胎，充斥风中的是父亲的汗味和满身的油渍味道，呛出了我们的泪水。

我们劝父亲不要干了，他挣的钱对于我们的债务来说，无异于杯水车薪。可是父亲执拗得很，他说，欠下的就要还，还一点算一点，你们后背上扛着大山，我没办法替你们搬掉，就替你们卸几块石头吧。

就为了替我们卸几块石头，父亲把本该安享的晚年抛给了风。

后来，我们的公司在朋友的资助下重新运营了起来，所有的债务都还清了。只是，欠父亲的那份债，怕是一生都无法偿还的。

一个叫杨康的大学生诗人写过一首关于父亲的诗——《我不喜欢有风的日子》，我很是喜欢：

"……风吹散了父亲刚刚倒出来的水泥，风又把水泥吹到老板身上，吹到父亲眼里。这可恶的风，就这样白白吹走，父亲的半斤汗水……"

这诗句读来让人心酸。因为那诗中的父亲与我的父亲极为相似——为了一家老小，在风中挥汗如雨。

那是个当民工的父亲，在工地上辛苦劳作，吃不饱睡不好，恶劣的环境总是雪上添霜，就像顽皮的老鼠，在冬天的夜里啃碎了穷人唯一的棉衣。做儿子的，唯一的企盼，就是让风吹得轻一点，再轻一点，别让那水泥和白灰迷了父亲的眼；别让风吹凉了他碗里的白菜汤，因为馒头是冷硬的；别让风吹得脚手架晃动不停，因为父亲年龄大了，腿脚不再灵便，也经常会头晕；别让风把雨带来，那样工棚里就到处湿漉漉的，父亲的风湿病就会发作；别让风声大过了他口袋里那个破半导体的声响，因为他时刻关注着自己的儿子所在城市的消息，那里发生的每一次流感都会令他忐忑不安，那里发生的每一起事故都会令他胆战心惊……

这就是父亲，每日里挥洒的汗水不止半斤，我想我和杨康也有不一样的地方，我一方面不希望起风，另一个方面又想让风给父亲擦擦汗。

只是风啊，千万不要来得太急，请你慢点儿来，轻点儿吹，因为父亲越来越瘦弱，靠一根拐杖活着，任何一场猛烈的风，都有可能让他趔趄，甚至摔倒。

父亲就像那根拐杖，被我们握得越来越光滑，却令我们站得越来越稳。

父亲曾经不止一次对我们说，起风的时候，就想想家，回来看看吧。

一直不明白父亲为何如此说，现在我明白了，诗人杨康也明白了，他的诗句替我的心作了解答：

"我不喜欢有风的日子，风是父亲的苦难。我怕什么时候风一吹，就把我的父亲，从这个世界，吹到另一个世界。"

经得起回味的暖

　　老人的一生，应该说是凄凉的。如同他那瘦削的背影，缺脂少肉，找不到一点幸福快乐的痕迹。就连他房檐上的月亮，似乎也总是弯弯的窄窄的，不曾为他圆满过一次。

　　从他三十岁开始，就在不停地失去他的亲人。先是父母，后是妻子，最后连他唯一的孩子也没能幸免。厄运一生与他结怨，纠缠不清，苦难的闪电一次次试图摧毁他，他却始终没有被击倒，那是一颗怎样坚强的心！

　　作为他二十多年的邻居，我感受着他的那些无人能及的伤痛。不知道该如何安慰那样一个老人。每次都是欲言又止，怕会勾起他悲伤的记忆。可是老人所表现出来的平静，出乎我的意料。每次，他都会主动和我提起那些美好的过往。说到开心处，不忘爽朗地笑。仿佛那一切根本没有失去，没有走远，而是在他的心上活蹦乱跳着呢。

　　他说，命中注定，我和他们相聚的时间很短，但我珍惜了，我仔细认真地过每一个和他们在一起的日子，现在，只剩下我一个人，但我并不孤独。

　　你看，他们都还在。他抚摸着那些照片，喃喃地说，只是蒙了灰尘而已。

他的回忆里有很多温暖的场景：小时候和父亲下棋的时候，父亲总会趁他不注意，偷偷拿掉自己的两个棋子，然后美滋滋地看着他手舞足蹈地庆祝胜利；母亲在他哭闹的时候，总会不厌其烦地给他讲那个已经讲了不下几十遍的地主老太婆偷饺子的故事；妻子每个黄昏都会和他牵着手散步；懂事的孩子，八岁的时候就为他做了一顿像模像样的早餐……

父母在的时候，他可以撒娇；妻子在的时候，他可以倾诉；孩子在的时候，他可以遐思……这一切都不在的时候，他就去回忆里找火柴，他将生命中那些最灿烂的景象定格在那里，定格成永不熄灭的炉火，暖着他冷凉的余生。

夏日里，一场雨连绵不绝，顿时冷了人的身心。急急地寻找外套加在身上，那些早已被收拾进衣柜里的"过去"，在这时，就萌生出了许多陈旧的温暖和可亲……

此时此刻，我亦和这个老人一样，靠在回忆的壁炉旁取暖。回忆总是带着某种温柔的朦胧黄，就像一卷很久未曾打开的羊皮卷，拍一拍甚至都会有灰尘，却丝毫不影响那种熟悉的好感。这种好感无法用其他色彩表达，因为用昏黄就会嫌太暗淡，用金黄却又太张扬，影影绰绰的暖，总之，一看就知道是来自回忆。

我喜欢在某个黄昏，到他的小屋里和他推杯换盏。我们成了无话不谈的忘年交。我被他感染着，由对生命的敬畏过渡到对生命的享受。老人并不绝望，从没有对暮年的悲叹，更没有对人生的失望。那些暖暖的回忆，绝对不是为了衬托今日的孤苦伶仃，而应当是一个老人拾回生活的意义的过程。人有时总会困扰于"生活的意义是什么"这个问题，个人的生命短暂而渺小，尤其是当我们将出生就看作死亡的倒计时。我们好像希腊故事里被酒神的仆人西勒诺斯嘲笑的米达斯王，忽然觉得人生意义全无。可

是并非如此，这个老人帮我们拾回了生命的意义。人生还是有许多美丽的东西，不在开头，不在结尾，却在这两者中间，而我们就是为了去经历这些才存在的，哪怕经历的都是悲剧。

人无法阻止那些突如其来的厄运，有的人会陪你一生，有的人却早早离开，刚刚牵了手便要撒手告别。平安是最大的福气，所以人们每个夜里都要和自己的亲人朋友们互道晚安。

多少人离你而去并不重要，重要的是你为你的回忆添了多少柴火。那些暖，是否经得起时间的回味。

老人并不孤苦伶仃，因为他有回忆。美好而温暖的回忆，像灿烂的黄昏，停止在那里，永远不会滑到暗夜。

更多的时候，老人喜欢自斟自饮。

"叮！"

我看见老人用自己的杯子，轻轻地碰了碰另一个杯子，微笑着，微微地醉着。他的人生是冷凉的，但他的心，始终暖着。

因为他有那么多经得起回味的过去。那一刻，我猜，他的满足更胜往昔。

落日未凉，不必悲伤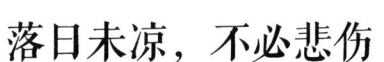

　　每个人都有每个人的落日，悲观的人，把它当作死亡前的一次回光返照。就像德国电影《诱惑假期》里面，根特在临死前有一句遗言：当我们不再存在时，没人会再想念我们，甚至没有人会为我们流一滴眼泪。如果有人要纪念我们，那就快乐地纪念我们。因为，我们所做过的唯一正确的事情是，我们活过。

　　乐观的人把落日当作一杯咖啡，还冒着热气儿，喝下它，会提神醒脑。有什么可担心的，人间有多少病，地上就有多少草药，只要你肯去寻找。

　　有些人的落日镶在身体上，比如老去的人。

　　志贺直哉的《老人》里有这样一段话——

　　"隔着一个火钵，老人和女子对坐着，看着女的手背上有涡的柔软的手，就觉得自己那双皮包骨的干枯的手，再也不敢伸出来了。他伤心自己已没有气力拥抱女人的手臂，更伤心的是自己的心，却不肯跟别的老人一样地衰老。"

　　那个老人的落日尚有余温，所以伤心归伤心，却远没有到欲绝的地步。

　　祖母80岁的时候，竟然化了一次浓妆。很精心地描眉，涂唇，我们以为她要去扭秧歌儿，她说不，我只想再做一次漂亮的女人。

如果老去是种无奈，那么，老去的过程我们可以让它尽可能地优雅。

我看到祖母密集的皱纹里，分明铺陈着一个沧桑女人的八千里路云和月。

朋友问过我一个问题：和一个大半生想见的人，去一个没有人认识的地方，摆脱一切羁绊，是否会找回原来的感觉？

我说，永远找不回了，因为心里已经没有多少空隙，心里需要惦念的人和事太多。

从前是白纸，是雪地。

所幸，我们年轻过。如今老去的我们，唯有借着落日的余温，把曾经再款款地邀上心坎，再醉一回。

落日未凉，暂且不必悲伤。

有些人的落日嵌进灵魂里，比如绝望的人。

一个见异思迁的丈夫，离婚后的某一天，在街头偶遇妻子。他看到妻子独自行走时，忽然被她安详的样子给震撼！他的震撼大概是源于她的平静，原来，没有他的陪伴她也一样可以怡然自得。他一直以为妻子是依附着他而活的，殊不知，当她活出自己的本色时，竟是那样美丽。

他以为，离开他，就如同她绝望的落日，殊不知，她依然可以把落日优雅地画成朝阳。

几个月前收到一个读者的来信，他说他是在狱中服刑的犯人，今年刚刚18岁，是个单亲家庭的孩子，因为失手把别的同学打成了重伤，不得不用自己大好的青春时光来埋单。

他不知道和谁说话，他的世界仿佛随时就要天黑了一般，阳光正在慢慢散去。

后来在报刊上获悉了我的地址，就不管不顾地和我说他的心事。他说他喜欢我的文章，那里面漾着的暖，让他得以保留着一丝生的快乐。他把我当成了最后的稻草，他心灵上唯一可以依靠的一点光，落日前的那点灰烬，还散着余温。

我不知道我的文章还有这等功效，可以令一颗悬崖边上的心，回过神来。

我很快给他回了信，是因为我害怕他本来在边缘，因为我不回信给他，他彻底掉下去，一辈子都爬不上来。我知道我不是天使，可是我愿意因为我那一点点儿的小善挽救一个人。

我告诉他，任何时候，都不要绝望。如果因错过日出而落泪，那么你看到的日落也是浑浊的。擦干眼泪，才能更清晰地去欣赏生命中剩余的彩虹。

他得到我的鼓励，仿佛得到了某种光亮，接二连三地来信，从信的内容上看，他的心态正一点点好起来。

一颗心终于如释重负。我在回信中对他说：

"孩子，别怕，悔恨的泪水在洗刷岁月，可以让你以后的生命更干净。落日未凉，暂且不必过分悲伤。它并非消逝，而是在孕育明天。"

分娩是痛苦的，但它可以为你带来一轮脱胎换骨的太阳！

落叶是疲倦的蝴蝶

夕阳老去，西风渐紧。

叶落了，秋就乘着落叶来了。秋来了，人就随着秋瘦了。

随着秋愁了。

但金黄的落叶没有哀愁，它懂得如何在秋风中安慰自己，它知道，自己的沉睡是为了新的醒来。

落叶有落叶的好处，可以不再陷入爱情的纠葛；落叶有落叶的美，它是疲倦了的蝴蝶。

我甚至感觉到落下来的叶子们在轻轻地叫喊。

那一刻，我的心微微一颤，仿佛众多纷纷下落的叶子中的一枚。

我看到了故乡，看到了老家门前那棵生生不息的老树，看到了炊烟因为游子的归来而晃动。对于远走他乡的脚，对于飞上天空的翅膀，炊烟是永不能扯断的绳子。就像路口的大树，它的枝干指着许多路，而起点只有一个，终点也只有一个，每个离开村庄的人，都带走了一片绿叶，却留下一条根。

我看到了故乡的山崖，看到石头在山崖上，和花朵一起争着绽放，看到羊在山崖上，和云一起争着飘荡。

我看到了我的屋檐，冬天时结满冰凌，夏天时絮满鸟鸣，一串红辣椒常常被看作是穷日子里的火种。守着屋檐上下翻飞的麻雀，总是那么和谐地与庄户人家好好地过着日子。

时时刻刻缠绕着那颗在路上的心，就是这个屋檐。

我看到了母亲，为了不让我们在冬天里挨冻，她拾起一截截枯树的枝丫，犹如把那些破碎的日子一一点缀。然后，把温暖交到我们手上。

母亲的柴垛越码越高，母亲却越来越矮。

我看到母亲那对干瘪的乳房，像两只残缺不整的讨饭的碗，却为我们讨来了一生的盛宴。

母亲在灶炕底下点燃的红色的昏暗的火焰，成了那些夜里我们唯一可以依靠的小小肩膀，唯一可以握住的暖暖的手。

叶落归根，是我老了吗？我们花了很多时间去争取财富，却很少有时间享受；我们有越来越大的房子，但却越来越少地住在家里；到月球去然后回来，却发现到楼下邻居家都很困难；征服了外面的世界，对自己的内心世界却一无所知。

远行的人，是什么声音使你隐姓埋名，是什么风向将你吹往他乡？秋天就是这样，把叶子纷纷抖落，把人的思念纷纷挂上枝头。

是该回去了，去看看那棵生下我，让我因成长而绿又让我因成熟而黄的大树。还有在落叶里沉睡着的母亲。

母亲，我匆匆的脚步就是您密密缝合的针脚。

母亲，背着破烂行李的我要归来，找到了天堂的我也要归来。

一层层落叶铺在回家的路上，我要踩着温暖的地毯去看望母亲，母亲也像这落叶，从灿烂的枝头缓缓地落下来。只是，她没有再醒来。

　　这个世界，能留住人的不是房屋，能带走人的不是道路。岁月无法伸出一只手，替你抓住过往的云。如果一切还能重心拾捡回来，母亲，我要去拾取你的笑容、脚步和风，用你的爱做灯油，用你的善良做捻儿，我要点燃它，放到心里。一辈子不忘回家的路。

　　天冷了，树的叶子落下来，树离我很近。我似乎听见了它们在缓缓凝固。

　　天冷了，它们一排一排站着，心中坚守着的秘密一阵阵地疼痛起来，但叶子落下来，掩盖了一切。

　　母亲去了，心灵没有了依靠，一下子就有了那种到处漏风的感觉，可是大风一直在刮，把故乡周围的尘土刮了个干净。我小小的故乡正在被秋天所包裹。

　　母亲的坟上有一棵树，那是我写给母亲的诗。每到秋天，叶子们就纷纷落下，把母亲的坟头遮盖得严严实实，那些在风中微微呻吟着的落叶，远远望去，像一群疲倦了的蝴蝶，静静地收拢着它们一生的美丽瞬间：一朵红晕，一个誓言，或者是简单的一声叹息。

我爱的树叶还蹦跳在树上

夜里的风很大，吹得窗棂阵阵响动，几番辗转反侧之后终于睡去，梦到了一些亲爱的事物：多年前死去的一条狗、曾经在我的屋檐上下翻飞的鸽子、那盆硕大的仙人球……它们接连在我的梦里掀起温暖的波浪，以至于醒来的时候，眼底竟流了泪。

和妻说起梦里的事物，她说这是神经衰弱的表现。"你最近太累了，不如给自己放个假，出去放松一下吧。"

我怎么可以停下来？孩子的高额学费，父母身体不好，时不时住院的费用，电费、水费、取暖费、电梯费……生活的各个角落都是张着嘴等着吃食的小兽，我怎肯置若罔闻？

这生命，给了人多少欲说还休的无奈，只是心里总是忐忑的。像对生活中许多的事一样，当怀着小心翼翼的犹疑试探着开始，并不能立刻准备好接受最后的别离和伤心。毕竟，我们总是为了希望而来。

最近看了徐淳刚的小说集《树叶全集》，读来令人耳目一新。"我看见圆的树叶，椭圆的树叶，掌状的树叶，羽毛样的树叶……更多是不规则的树叶：树叶让我迷茫。"

看吧，他的生命里全是树叶！

作家张绍民在对这本书的评论中的几句话更值得称道，他

说："树叶是什么？是天空的胎记、脚印；是空气的补丁，大地深处漫游的书信，漫游到树上，打开；树叶的脉络含有闪电的衣服（皮肤）；树叶面对风，风用地震灌溉树叶，树叶用风的地震洗澡，洗出自己的香气和力量；小虫子睡在树叶上，用树叶摇摆的地震当成安眠曲。"

如此说来，我们是万万离不开这些树叶的。这些诗意的树叶、哲学的树叶、意识流的树叶组成了我们的世界。

原以为一场秋霜会风卷残云般将所有的叶子都吞噬掉，只剩下光秃秃的枝头，徒增悲凉的晚景。可是第二天早上打开窗子，惊异地发现有几枚叶子竟顽强地挺住了，依然在树枝上蹦跳着。这时候的喜悦自是无法言说的了。一场秋雨一场寒，尽管我知道，它迟早要谢幕，但这一刻，它还在，并且闪着耀眼的光，我便已知足。

心也便忽然间豁朗起来，人生免不了的是悲伤，不管是跋涉在现实世界的泥沼之中，还是接受花样繁多的伤痛的改造，让一颗心逐渐生满厚厚的痂，那是一种冷漠，也是一种保护。

所以啊，有什么好怕的，我爱的树叶还在，它们依然快乐地在树上蹦蹦跳跳啊！

移民海外的阿辉回来了，虽然衣着光鲜，却掩盖不住倦容。时隔多年，他老了许多，眉宇间铺满无尽的沧桑。谈起这些年在国外的生活，他极少炫耀，更多的是唏嘘感叹。"一个人不易啊，背井离乡的，尤其是夜里想家的时候，那种滋味就像虫子啃噬你的心一般。"我想我是能理解那种境遇的。

我们默默地坐在花园里，我像他的影子，抑或他像我的影子，在深秋轻寒的风里，被茫然的感觉缠满，不挣扎，不呼唤。

我并没有问太多，只是和他一起念起年少时光，念起一起玩过的游戏，念起一起喜欢过的女孩儿，念起那棵树……

"那棵大榆树还在吗？"

"当然在，现在它变得更加粗壮伟岸了。"

我们一起去看那棵树，儿时的我们经常一起去爬那棵树，在它的枝丫间嬉戏玩耍，摘嫩嫩的榆钱儿吃……现在的我们是爬不动了。

"唉，树叶掉光了，不然你看到的这棵树异常茂盛，能遮出一大片阴凉来呢！"我不无伤感地说道。

阿辉却扶了扶眼镜，定定地望着那棵树，充满无限柔情，他一句话也没说，大概是想到了儿时的一些往事吧。

"快看，树叶！"他忽然尖叫一声，吓了我一跳。顺着他手指的方向，果然有一枚顽强的树叶，坚守在树枝上，陪伴着这棵树，给它最后的慰藉。

我在阿辉的眼底，看到了泪光，亦如我梦醒后的泪痕。

"异乡的生活啊，唉！"我并不打听他这些年的细节，只听到阿辉的一声叹息。或许目前的他也受到了某种挫折吧，比如他的生意，比如他的情感，但不管怎么样，我都知道，他会把所有苦痛都挨过去，就因为他看到那枚叶子时的尖叫。

灰心失望的人，蓦然间看到，他爱着的树叶依然蹦跳在树枝上，还有什么比这更令人欣慰和振奋的呢？

"不如，折了这枚叶子，留个纪念吧。"我提议。

"不，让它在属于它的地方多待一会儿吧，哪怕一秒。"

我知道，他已经把那枚叶子装进了口袋。那枚叶子会随他一生。

有树叶就好。

树叶蹦跳着，我们就没有理由悲伤。

向一些灵魂道歉

那天，在街上看到了一幕猴戏：刚开始的时候，猴子是循规蹈矩的，能够按照主人的意图做各种动作，比如往篮筐里投球、空中接物、骑自行车等，可是猴子也有不听话的时候，主人就拿起鞭子狠狠地抽打它们，产生的效果却适得其反，猴子不但不听主人的命令，反而纷纷反抗起来。有的拿起砖头，有的去抢主人手里的鞭子，看到这样热闹的场面，观众们竟然鼓起掌来。耍猴儿的人看到这样的"表演"更能让观众高兴，干脆就把猴子们都惹急了，他把鞭子甩得"啪啪"直响，打得猴子身上伤痕累累。主人打得越狠，猴子们越急，与主人的斗争就越"精彩"。

猴子们被打得遍体鳞伤，其中一个跑过来轻轻抚着另一个，这时候，我身边的女儿突然令我佩服地大声对那个人喊道："不准打猴子！"耍猴儿的人受了一惊，停下手中的鞭子。这时候，围观的群众也开始纷纷指责起他的所作所为了。

第一次看他领着猴子表演的时候，女儿把自己的零花钱都给了他，那是因为她觉得猴子可爱，这一次，她没再给他钱，而是用这些钱买了一串香蕉，扔给了那些受伤的猴子。猴子们看到香蕉，顿时消解了对人的怨恨，恢复了可爱的神情。

结果，耍猴儿的人这一次一分钱也没得到，围观的人都学女儿那样，买了香蕉，让猴子们痛痛快快地吃个够。耍猴儿的人蜷缩在场地中央，垂头丧气，不知该如何是好。

其实，他现在该做的，就是真诚地向猴子道歉。

小时候，家里养过一只狗，叫老黑。它非常听我的话，每天放学回来，都会大老远地迎接我。可是有一天，不清楚什么原因，它突然"疯"了，满巷子乱跑乱窜。父亲担心它伤到别人，就决心杀掉它。当父亲气喘吁吁地把老黑摁倒，叫我用镐头快点"解决"它的时候，我迟疑着、恐惧着。父亲急了，大声吼骂。最后，我高高举起的镐头砸向了它的头颅，奄奄一息的"老黑"瘫倒在地上，目不转睛地看着我。我把老黑埋到了河边，可是第二天早上，那里只剩下一个深坑，蓄满一个少年的忏悔。一整天，我坐在院子里一动不动，从邻家飘来的狗肉的味道四散开来，无边无际地萦绕……

在老黑死去的那一刻，我看见了它眼角的泪，浑浊，混合着血腥的味道流了出来。

我想道歉，却已无法挽回一个冤屈的生命。

1899年的一天，尼采离开他在杜林的旅馆，步上街道，看见一个车夫正在鞭打一匹马。尼采跑上前去，当着车夫的面，抱住马头放声大哭。当伟大哲学家的泪水打湿马脸时，我们无法窥探那匹马的心灵。米兰·昆德拉却在自己的书中窥探了尼采的心灵，他说，尼采这一动作的广阔内涵是，他正努力替车夫向这匹马道歉。

尼采眼中的马是有尊严的，有着和人类一样高贵的心灵。

向一些灵魂道歉，就是在挽救我们自己。

一根善的拐杖

14岁那年，我正在上初中，父亲在工地不小心摔断了右腿。医生说至少得休养个一年半载才能好，这可愁坏了父亲，全家人都指望着他挣钱呢。

父亲是个待不住的人，刚刚休养了半个月，就让母亲给他弄了一副拐杖。他说家里太闷，要出去溜达溜达。让我们想不到的是，就是这样靠拐杖支撑着走路的父亲，晚上回来的时候，照样神奇地给我们挣回了钱，尽管只有十几元。原来，父亲在步行街那里，找了一份发广告单的活儿。想着父亲右腿上绑着厚厚的石膏，拄着拐杖，在那里一站就是一天，我的心里，仿佛飞进去一只凶恶的马蜂，不停地扎我。

我说："爸，我不想念书了，让我替你吧。"

父亲却狠狠训斥了我："没出息的孩子才去发广告单，你只管给我好好读书！"

父亲是纸老虎，虽说偶尔也发发威，但我一点也不怕他，他太瘦小了，体重只有90多斤。刚刚14岁的我，不论个头和体重，都已经超过他了。

我不怕他，可是心疼他。

周末的时候，我要替他去发广告单，他不让，要我在家复习功课。我却偷偷地跟着他。

那天很热，我看到父亲脸上的汗水肆意流淌，可是两只胳膊要架着拐杖，手里还拿着厚厚的一摞广告单，没办法去擦。我想过去帮父亲擦擦汗，又担心他责骂我，只好在那里暗自替父亲难受着。

就在这个时候，发生了令我终生难忘的一幕。

一个上了年纪的老人，摇摇晃晃走过父亲的身边，忽然就晕倒在地。呼啦啦地围上来一帮人，却没有一个去扶的。我听见有人小声议论，说前几天有个年轻人救了一个老人，却被老人讹上了，最后那个年轻人在医院花了近千元的冤枉钱，真是叫人寒心。这大概就是一大帮人没有一个肯施以援手的原因吧。

这是一群麻木的人，那一张张脸望过去，每一张都写着冷漠。不，有一张脸是个例外，如同万千枯藤上唯一鲜活的一片叶子，上面写着焦急。我看得真切，那是父亲的脸！粗糙的布满皱纹的脸，此刻却光滑得如一面镜子，映照了人的良心。

父亲拄着拐杖，费力地拨开人群，蹲下来，为老人掐人中，原来老人中暑了。老人醒过来，向父亲道谢，颤颤巍巍地站起来，像一盏在风中摇曳的蜡烛，随时都有可能被吹灭的危险。父亲递给老人一根拐杖："拄着点儿走吧，能稳当些。"

"谢谢，那你怎么办？"

"没啥，我这不是还有一根吗，我只是断了一条腿，一根拐杖足够了。"

瘦小的父亲渐渐高大起来，早上明明刚和他比过个头儿的，可是现在却觉得自己比父亲矮了不少。

人群出奇地安静，不知道这些围观的人此刻心里在想些什么，大概是被父亲的举动惊到了吧。

　　没了拐杖，我本以为父亲会摔倒，可是父亲没有，虽然在那里有点儿摇晃，但却像一棵树，只是摇晃而已，不会倒下。因为他的脚下有根，很深很深的根。

　　人群并没有散去，开始有人伸出手来，一双，两双，十双……枯藤开始发出了新芽儿！

　　我们太习惯"事不关己，高高挂起"了，各扫门前雪，整天一副麻木不仁的模样，灾难来临时的呆若木鸡，邪恶当道时的熟视无睹，都会令你的灵魂左右飘忽，摇摇欲坠。

　　父亲让我懂得，每个人都需要一根善的拐杖，使自己的灵魂不至于在风雨飘摇的尘世间摇摇晃晃。

　　一根善的拐杖，可以让你的人生站得稳当一些。

游吧，趁着时光还未老去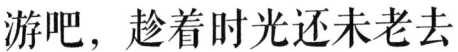

总是莫名地笃信，自己的前生是一尾鱼。

我曾在一首诗中也写过：我是一尾鱼，红尘是我必须要游过的河流。

这个想法时刻缠绕着我，一天、一年、一生。

一尾鱼，是我想要的一种生命形象：快乐无忧地游来游去，没有过多的奢望，没有过于密集的贪恋，就算记忆，也只是保存着那可怜的七秒钟。但就是这七秒，道尽了人生的大智慧。人，究竟有什么是放不下的，金钱、权杖、情欲……哪一样最后不凋落为一片叶子、一粒尘灰呢？

生命的形象，就是我们在处世中演变的态度。也许谁能让心灵不贪迷成长的利益，谁就能让自己如一个天使，在不老的空间里飞行。

如果成熟就是变得冷漠，那么我宁愿一辈子不长大。

我们总是盼望着时光可以保鲜，停留在某些美好的时刻，第一次被老师夸赞，脸上泛起的红晕比晚霞还要灿烂；捧着第一本发表了自己文章的杂志，兴奋得一夜不曾合眼；第一次不小心触碰到心仪女孩儿的手，而她竟然没有缩回去；第一次领了工资，看着全家人喜滋滋地品评着自己买给他们的礼物……

想让时光成为让自己随意摆布的时钟，卸下电池，便停止了走动。可那毕竟是我们的一厢情愿，时光依旧游走，没有片刻停留。那些年一起追的女孩儿红颜老去，那些年一起打球的队友隆起了啤酒肚，那些年一起写诗的哥们儿痴迷于网游，那些年一起弹吉他的兄弟贩卖起木材……我们就像那一天到晚游来游去的鱼，自在而逍遥，迎面相爱，掉头遗忘。那七秒的记忆里，真的装不下太多。

从时光深处走来的亲爱的人，从记起一张脸，到缠绵悱恻，到寂静欢喜。丰盛、安静、从容。也有一些人，越想将之沉入海底，却偏偏浮出水面，与之同来的还有那段艰难而残酷的往事。人所经历的，往往像小时候长着的带脓的暗疮，有痛但又不是病，只不知何时恢复。

我们要尝试着忘却，痛着的爱着的，这人世的一切。尽管生命中，有些事，刮掉了会疼，就像鱼身上的鳞片。

危险的胸口上，常常起伏不定，仿佛是一种挣扎，又仿佛酝酿着某种阴谋。那是曾经的爱，留在我心中的痕迹，像长久的痛和欢乐，夜夜卷土重来。

侯孝贤说过："所有的时光都是被辜负被浪费后，才能从记忆里将某一段拎出，拍拍上面沉积的灰尘，感叹它是最好的时光。"

那么，游吧，尽情挥霍你的青春；游吧，趁着你的四肢还算有力；游吧，趁着时光还未老去。

愿梅花不要落得太快

如果让人细数生命中的懊悔之事，怕是每个人都会口袋满满。诗人张枣说："只要想起一生中后悔的事，梅花便落了下来。"

人生有多少怅然若失的后悔之事啊，永远无法回过头去，重走一遍。只能于窗前默默看着那株梅花，看着那落瓣成蝶，不挣扎，任秋日的阳光摄走魂魄，阳光便也有了盈盈暗香。

我便是那口袋满满的人。总是念念不忘，那曾经的惊鸿一瞥。

那时的她风华正茂，独自经营着一家茶社。每日里零星地有些客人来喝茶，生意不温不火。她精通茶艺，为客人们泡茶的时候，从不多言一句。她那么安静，仿佛将自己也泡进了茶里，所以她的身上，总是弥散着淡淡的茶香。

第一次去那里喝茶，只记得风吹着她的发，她轻轻地扬手，油黑的瀑布从指缝间倾泻而下。那一刻，我多想，穿过她黑发的，是我的手。

清新的小微风，触着她的鼻尖，当时的我，真的有些恼怒这春天，嫉恨那小微风。

我定定地看着她，她泡完茶，抬起头的那一刻，与我的目光相遇，我的目光如同木头做的箭，一下子便折断了，掉到地上。

她的高贵优雅，就像一扇美丽的屏风，让我望而却步。但我却永远记住了那双眼睛，那是两眼美丽的井，可以涌出清凉甘甜的泉水。

再次见到昔日的美人，已是十年之后。相同的地点，只是茶社已变成仓买。岁月真的是把刀子，无情地在她的脸上刻录着一笔笔陈年旧账。但无论多么沧桑，那份优雅始终还在，根深蒂固。她认得出我，迟疑了一小下，是的，只是一小下，然后给了我一个浅浅的微笑。

我没有说一句话，我怕言语，惊了她的心。

过后，故人告诉我，她的女儿患了严重的自闭症，每日里不发一言，整天对着窗子发呆；小儿子错服了药，导致耳聋；丈夫被山洪冲倒，从此瘸了一条腿；而她自己，不知从何时开始，常常犯癫痫而咬碎舌尖。

我的悲伤不请自来。如果那个时节，我能鼓起勇气和她搭讪，哪怕只说一句话，我是不是就可以再接再厉，和她相爱，与之偕老，那么她的结局是不是就会全然不同？

而现在，梅花已落。你再也无法将那些落下的花瓣重新粘到枝条上去。

五年之后，当我再次回去的时候，与一辆出殡的灵车邂逅。吹鼓手的脸上青筋暴起，可着劲儿地吹奏一支凄绝哀婉的唢呐曲牌，音调高亢如奔赴刑场的侠女，一身寒气闪烁，传送一种超然的美丽。莫名地，我仿佛被某种神秘的东西吸引着，不自觉地跟着那缓缓移动的灵车向墓地走去，心不知为何，暗暗滴着血。直到那死者的墓碑立起，我看见了她的遗像。昔日的美人，她终于凋零，落尽最后一片花瓣。

一切真相大白。冥冥中，是她在引我送她最后一程吧。

我颓然地蹲下来，用手捂着嘴巴，指缝间终于漏出破碎的哭泣声。作为男人，我并不以此为耻。软弱，总比一颗心结了厚厚的痂要好。

年少轻狂时，总有过来人摆出一副经验老到的模样，对我说，年轻时，你一定要跟你爱的那个人结婚……那个时候我想，那是多么遥远的事啊。可是转眼，就到了我以过来人的身份对后生们说，在最美好的年龄，最有资本的年龄，一定要去做自己想做的事情。别让遗憾在你身后，悄悄堆积成一座沉重的山。

在最美好的年华，一定要写一首诗，因为青春需要诗意；一定要谱一首歌，因为青春需要赞美；一定要栽一棵树，为了嘱托你的成长；一定要流一次浪，为了牢记家的方向。

在最美好的年华，一定要和你喜欢的人，认认真真谈一场恋爱。

如果这些，你都没有来得及去做，那么就祈祷吧，愿梅花不要落得太快！

我向昔日的美人鞠躬，仍旧没有言语，却听到自己内心的城堡轰然坍塌的声响，巨大的悔意袭来，我想，以后的岁月再无晴日，因为"梅花已落满了南山"。

皱纹是灵魂的梯子

经历岁月的刻痕，原来是一件这么美好的事。

——题记

每每傍晚时分，我和妻子倚在床头，经常不厌其烦做的一件事就是互相给对方捉白头发，那些白头发生命力极其旺盛，大有"野火烧不尽，春风吹又生"之势，看到白发越生越多，不免感叹岁月的无情。一个早晨，妻子更是在镜子旁惊呼："你看，我这眼角怎么一下子生出这么多皱纹啊，唉！"

那一声叹息似乎生生地将青春的尾巴割了去。真的是老了吧，马不停蹄地要跨入衰老的丛林了。

只是，老去了又何妨？

每个孩子都要成长，每个成人都要老去，这是亘古不变的规律。何须伤感？

相反，你要向你的皱纹致敬，那是岁月赐给你的勋章！

孙犁在他的一篇散文中写道："如果老了，我就什么也不干，发发呆，因为没有年轻时的睿智和聪明了，所以，我什么也不写了。我怕留下垃圾文字，我不让人笑话，我要优雅地老去。"

这实在是一种难得的豁达，对生命时钟的敬畏。

没有人可以成为真正的不老传奇，老去有什么可怕，青春是礼物，衰老又何尝不是，那种瓜熟蒂落，叶落归根的归宿感，不是年轻人能够体会得到的。而且，我始终认为，我们额头上的皱纹是上帝召唤我们去他的花园赴约时要走的阶梯。

是的，皱纹是灵魂的梯子，会引领我们奔赴上帝的花园，去领受那里的无上荣光。

塔莎·杜朵说："对我而言，随着年岁增长，日子过得更充实，且懂得享受生活乐趣。现在就是最好的时光。"

"著名的生活艺术家"，有人这样评价塔莎·杜朵，除此之外，她还是著名插画作家、凯迪克大奖获得者、女王终身成就奖获得者。她一生著有80本以上的著作。和这些成就比起来，人们更津津乐道的是她整个晚年的生活姿态。

57岁的时候，塔莎孤身来到佛蒙特州的一座山丘上，建造了一栋18世纪风格的庄园，开始了一个人的田园生活。

她喜欢园艺。她的花园是一座充满童话色彩的花园，一簇簇的洋水仙、各色月季、三色堇、百合、罂粟、郁金香……她热爱耕作，但她不觉得辛苦，相反，她认为这是一种很好的生活方式，因为她是一个懂得选择自己要过什么样生活的人，不管年纪多大，生活其实有无限可能，这是她告诉我们的道理，而她也一直这样言行一致地告诉周遭的人，她这样的生活很幸福。

她是个热衷于绘画的人，并且她的绘本在世界上享有很好的声誉，受到广大读者的喜爱，只看着她娴静地在门前的桌子上作画的样子，就有一种难以名状的满足感，不免令我们感叹，如果自己变老了也能如此这般该是件多美妙的事儿啊！

她擅长烹饪，用她亲手种植并收获的各种原材料制作各种

可口美味的食品；喜欢缝制衣裳，自己缝制了玩偶，连玩偶的心脏、肚肺都精确地缝制在胸腔里，为她们做衣服，并且搭建了美丽的小屋和精致的生活用具，把她们当作生命来精心对待；喜欢编织花环，并时不时地戴在自己的头上，这种少女般的浪漫情怀，她保持了一辈子。

即使90岁高龄，塔莎仍照顾着她的庄园。登梯子摘苹果、挤山羊奶、栽花种草……动作敏捷，做事轻快，一点也看不出来是个90多岁的老人。身穿复古长裙的她，像公主一样美丽。

她说："我一向以度假般的态度过着我的人生。每天、每分、每秒，我都在享受着啊！"

2008年6月18日，塔莎·杜朵在自己的庄园里，在儿女和朋友的陪伴下，戴着老花镜，穿着自己织的裙装，安详离去。

阅读她的故事，让我们深深懂得，原来劳动这么快乐，幸福这么简单，即使很老很老了，也可以这么优雅。

或许，在我们每一个人的心里，都有一座秘密的花园，香草果实，美满丰盛。或许，在我们每一个人的心里，都一直有这样的一位塔莎老奶奶，她超越国界、超越时间空间，她是创造的化身、是对生活爱的化身、是自由的化身，她代表了人们对生命、对生活的深层的渴望，她是大部分人在现实生活中未能实现却渴望成为的自己。

对于塔莎奶奶而言，从一月到十二月，每一天、每一个生活的细节都是那样美好。如果你愿意，你也可以像塔莎奶奶一样，在大雪覆盖了农庄的时候，披一袭艳红的连帽斗篷，轻盈地拾级而下，踏雪而行；你也可以像塔莎奶奶，在夏日的午后喝上一杯茶，坐在阳台上聆听各种鸟儿和小动物的叫声……

塔莎奶奶用自己的生活告诉你，幸福就是这样地简单和自然。

"不管你现在多大年纪，生活其实有无限可能！选择自己要过的生活，是人生最重要的事。别忘了与最亲爱的人，分享每一个可以更幸福的机会，让每个都会或即将步入老年的人，都能拥有最简单的心灵满足。你会发现，经历岁月的刻痕，原来是一件这么美好的事。"

所以啊，衰老并不是一件可怕的事，它只是一个可以让你变得更加优雅的舞台。此生或许有太多的不完美，或许有太多的遗憾，都轻轻地放下吧。我坚信，许多年后，在我枯萎谢幕的地方，一定会诞生一个漂亮的婴儿，小小的掌心里托着我此生无法圆满的念想，用他最纯最纯的泪水滋养，然后再度将它们推向前台。那是又一个轮回——这世界，我来了！

所以，当妻子在镜子前不免又发出韶华易逝的喟叹时，我对她说："就算你有了皱纹，也定然会有优雅，在你的皱纹间跳舞。"

好听的话就是受用，妻子心花怒放，细看那眉眼处的皱纹，果真如同在跳舞一般。

既然受用，便索性将那好听的可以令人愉悦的话一讲到底吧：

"世人皆爱，花开正艳，唯我赏你，风卷残荷。"

处 暑

剩下的那点热情，一股脑儿泼出来吧！腾出点地方，给回忆。

——处暑

爱上一棵为我保守秘密的树

深秋，一封寄往南方的信，被麻雀截获。它向我索要，度过一整个冬天的麦粒儿。不然，它会用它的婆婆妈妈，把我的心事抖落个干干净净。

我只好从我的嘴里，省出一只鸟一个冬天的口粮。只为，我要一个完好无损的秘密。我不要任何人与我分享。

那个秘密里，只有一个字：爱。是我要对一个女孩说的，唯一的字。

我用了很多办法都无济于事，写在雪地上，阳光会看见；写在墙上，小虫子会爬过；写在纸上，那是不打自招的铁证，那么该如何呢？找一棵有树洞的树，让它来替你保守你的秘密吧。

我想象着我的爱，是多么惨烈，就像一尾鱼，煮熟自己，并心甘情愿了为心爱的人，剔出自己的骨刺。

爱人，我死后，请在我贫寒的尸骨上绽露生活的笑容。如果有幸在夏天挥别，请为我铺一些花瓣，让花香冲淡死亡路上的忧郁；如果我在秋天离开，请用落叶覆我，让我与落叶一起去寻根；如果我在冬天别去，请为我撒上几片雪花，权当是对这个尘世的小小留念；如果我在春天告别，请将最贴心的那枚纽扣，挂到我爱的那棵树上，让它代替那枯萎的心脏一直跳动着，如同一架永不停摆的挂钟。

有些爱情，不属于键盘，不属于冷冰冰的电脑和手机屏幕，不属于彩铃，不属于时尚刊物。她只属于微微有些泛黄的纸笺；只属于轻轻的、静静的心跳；只属于月亮，这不穿衣裳，却依然被世人唤作圣女的尤物。

我竭力保守的秘密，就是那样的爱情。

我爱那颗多愁善感的心，那心上滴出的水，是最好的墨。将心灵的地盘，全都泼洒出美好的水墨丹青。

我爱着我的秘密，也爱着那棵为我保守秘密的树，它是一个多么值得信赖的朋友，如果它是异性，定会是我的红颜知己，如果是同性，定是我如影随形的哥们儿。

一片片叶子，像一只只灵敏的耳朵，支棱着，听着慢慢走近的，春的步子。

亲爱的，我是生活最边缘的那一缕雾，除了不怀心机地度过生命，我没有过别的要求——尽管，我以具体的形象和身份存在，因为思想的偏离，似乎已不知自己是谁。

两手空空时，与你相遇。那是我在清空心灵的地盘，准备全部用来装你。

　　我的内心，有一个空鞋盒，正在等待一双合适的脚，来轻轻践踏。

　　记得喜欢上王家卫的《花样年华》，就是因为最后看到和听到的那幕和树有关的片段：

　　字幕：1963年，新加坡

　　周慕云——从前有些人，心里有了秘密，又不想被别人知道，他们会跑到山上找一棵树，在树上挖一个洞，然后把秘密全说进去，再用泥把洞封上，那秘密会留在树里面，没有人会知道。

　　字幕：1968年，柬埔寨

　　一座古老的庙宇里，一个小和尚看着一个奇怪的游客，他在斑驳的树上找到一个圆洞，深情地看着。他把嘴伏在上面，轻轻地自语。他走了，留下一个填满青草泥土的洞口。

　　每一个人，都有深埋心底，不能对别人言说的秘密，也同时为这秘密牵绊。

　　不知从几时起，这个秘密似乎成了他们生活全部的意义，他们为秘密而活着。

　　现在我也存留着这个习惯，每到一处新的境地，我都要去看那里的树，然后在一张纸条上写下心里对某个人的某些怀念，安安静静地埋到那棵树下。

　　我知道，那棵树会为我保守秘密，也会为我的秘密找到一个成长的出口。那棵树上的某一片叶子，没准儿就是我的秘密幻化而成的呢！

　　这样想着，所有的时光都开始欢呼雀跃起来。

那些安分守己的忧伤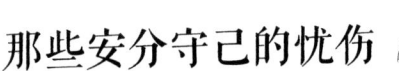

一幅安静的画，是画家揉碎了自己的灵魂，蘸着回忆，勾勒出来的梦。欣赏这样的画，也要揉碎自己的灵魂，走进去。

文字，是我们对这个世界最好的倾诉方式，有时候觉得自己是那样一只咯血的火狐，在雪地上奔跑，追逐自己的梦，留下美丽的脚印。

文字就是我们的舌头，就是我们自己舞蹈的脚尖。

我喜欢那些诗一样的句子。每个段落之间，每个词语之间，都有文字的香。每个汉字的缝隙，都漏着月光。

夜深人静，一个人伏在书桌上，向一张白纸倾诉着爱恨情仇的时候，我听到了时钟里秒针走动的声音，仿佛心跳，均匀而有力。心里就有了一种莫名的感动，为这个寂静的夜里，它的陪伴。就想到了生命中的那些过往，那些值得你留恋的人和事，不也正如那不停走动的秒针吗？在生命中不停歇地跟随着你，陪伴着你。

躁动的人全去了街上，那里有烟火表演。我们常常这样贪婪，耳朵在倾听天籁，仍然奢求眼睛能够享受美景。

现在我的身边只剩下旧事和静物，那些安分守己的忧伤，却带给我幸福的闪电，令我浑身战栗。

安安静静的幸福，在身边，一刻都不曾远离。比如，屋顶上栖息的鸽子，像一小堆一小堆的白雪，让人无比担心，它在某个炙热的午后，会悄悄融化；比如，邻家的小狗跑到我的院子里来，趴在我的脚边，为我看家护院；比如，在清晨，欣赏一幅安静的画；比如，在深夜，写上几句对这个世界的看法……

静下来的时候，我看到很多事物：一只黑夜里的虫，披着透明的翼，正在咬碎花瓣上的露水。

我听到了自己内心深处的涛声。

静下来的时候，往事在心底慢慢融化。年少时光啊，一个个激动人心的夜，一首首胡言乱语的诗。那时候喜欢点上蜡烛，其实蜡烛是我们每个人的光阴。我们都是流泪的植物，都在生长，只是一个向上，一个向下，我们和蜡烛朝着两个不同的方向奔跑，有着说不清的快乐，也有说不清的眼泪，那是成长的疼痛。

那时，整个世界都在眼前，可以尽情挥霍。你把世界画成仙人掌的样子，世界就是仙人掌，宽阔、敦厚、遍布荆棘；你把世界画成狗尾巴草的样子，世界就是狗尾巴草，卑微、琐碎，满目狼藉。

世界是你自己的。你是随心所欲的恺撒。

静下来的时候，会发觉自己很轻。如同被人鄙薄的纸片，轻得没有了魂灵。案头的青花瓷，让我的灵魂顿生仰慕之情，到底是那些花的芳香泽了瓷，还是瓷的清辉润了花？那是个永恒的秘密，任何人都无法破解。

我把自己隔开，从白天的牢笼释放出来，走进夜的自由的丛林。关掉电脑，躲开那些虚幻的想象，躲开那些八卦新闻，听听角落里昆虫们微弱的喘息，才发现世界竟然如此纯洁。可是谁又能把那纯洁的世界珍藏，又在最早的早晨铺开？

这个崭新的世界忽然让我感到陌生。世界静得只剩下黑色。

这个夜里，只剩下幸福的呼吸，均匀、舒畅。仿佛快乐的孩子，为了催促自己快些睡下，一遍遍地数着那些枯燥的阿拉伯数字。

这个夜里，我安分守己。把忧伤的灵魂交给稿纸，交给画布，交给缓缓流淌的乐曲。

世界就那样平静着，平静得有些出奇。公鸡照常催促着人们起来劳作，狗也照常用它的吠声维持着自己的生计，那吠声不外乎有两层含义：要么是在见到生人时为自己壮胆，要么就是在向主人讨取食物了。

我想起一个人也是在那样安静的早晨静静地走的。那是教过我的语文老师，穿着干干净净的衣服，犹如没有根的魂魄，犹如一缕轻烟，带着人间最后的温暖，化云而去。我去参加他的葬礼，那葬礼也是安静的，甚至没有哭声。我喜欢这样送别的方式，只有低低的乐曲，不由得让人愉快地想到，我们正在护送一颗灵魂赶往天堂。

等到一切都停下来，一切都静下来的时候，人就老了，便会感悟很多别人无法理解的幸福，比如，找个好朋友，找个好天气，找棵结满果子的树，摇下几颗果子，然后坐下来，分享彼此无聊的生活点滴。比如，默默地关注着一个你喜欢的人，你从不对她说：来吧，看我的水，波光潋滟，是为你泛出的波澜。你不愿打扰别人，你活在你自己的世界里。你只会对着山谷，喊出你的忧伤。你的安分守己的忧伤。

我合上我的稿纸，让那支奔跑了一夜的笔，回到它的洞穴。阳光出来了，我却要去睡一会儿了，我去冲澡，我要把自己洗得干干净净才去睡觉，这是我的习惯。这让我想到了我的语文老

师，想到了他的死亡。每个人，每一天的梦乡，又何尝不是奔赴天堂之约的预演？

　　窗台上，一些昆虫们已经奄奄一息。才发现秋的橱窗里，已摆满夏的遗体。便禁不住一遍遍地这样对自己说，静。然后是净。再然后，是境。可以让心灵美好的几个台阶，如今，我走到了哪里？

山的鬓发间簪满了狐狸

狐狸奔跑着，小巧的蹄子把山踏出了灵性。鼻尖上似乎悬着一环小蛮风，看人的眼神，也是夺魂摄魄的，怪不得，蒲松龄老先生要把狐狸和女人扯上关系，因为她们都有着"媚"的共同点。鸟儿的欢歌此起彼伏，泉水流得都有了韵律，风也不再胡乱刮起，就连阳光，也是一小绺一小绺地从茂密的丛林射进来，手巧的，可以把它编成麻花辫子。

很是怀念狐狸满山跑的年代呢！那是一个多么充盈多么原始的大自然。可惜，"棒打狍子瓢舀鱼"的壮观景象一去不返。

狐狸，多么充满灵性的动物。我不止一次将自己的写作比喻成一只咯血的火狐，在雪地上奔跑。

狐狸，当我敲击出这个名词的时候，它是形容词。狐狸，当我写下这个名词的时候，它是动词。

一只只无拘无束的狐狸，装点了寂寞的山。

我看见了陈东东的一句诗："山的鬓发间簪满了狐狸。"那是多美的意境啊！只可惜，这样的意境正在渐渐变成标本，是人类沟壑难填的欲望将它们风干。

一个小僧人和我谈起过他见到的狐狸。

他说，有一只狐狸常年出没在这座寺庙的周围，寺里的僧人都认识，所以他很早便知道它了。一次，寺里的和尚下山云游，

【处暑】

狐狸也跟着一同前往。在一片水边休息时，狐狸和他相互认识。绚丽的皮毛，鬼魅的眼眸，他笑，狐狸也在笑，他不笑，狐狸却还在笑。

云游结束后很长一段时间不见了狐狸，他倒有些想念了。大约过了半年之后，这只狐狸又开始频繁出现在他住的小院里。之后的几个月里，他便与它为伴。虽然狐狸牙齿尖利，玩闹时常常会被它弄伤，但是总体来讲，那是一段让小僧人无比快乐的时光。可是方丈知道后，做了一个让他惊讶万分的举动，老方丈还在受迷信的蛊惑，认为狐狸是妖媚的化身，和女色无异，于是每次狐狸来寺庙，都会被方丈驱逐。

我听着也觉得可笑，这老方丈仿佛是从古代穿越而来的法海，这么不靠谱的事儿也做得出来。

就算是妖媚的化身，又怎么了？那沉寂的山，因了这妖媚，不是更动人吗？狐狸在跑，满山，便都是割不断的香气。

古代文人们喜欢隐居山林，狐狸怕也是一个主要因素吧。至于那狐狸成精，幻化成美女人形，不过是书生们的美好想象罢了。他们大多是穷酸的光棍，在尘世娶不到一房老婆，便用这种幻想安慰自己。不过，这幻想着实是美的。

而当下，相比于活蹦乱跳的新鲜生命，女人们更喜欢死去的狐狸，因为她们要把狐狸皮围在脖颈上。一只死去的狐狸，装点了无数女人的虚荣。

下雪了，那样的背景里狐狸就变得更加美艳了。想象一下，下了雪的森林里，一片白茫茫之中，忽然闯进来一只火红的狐狸，那是怎样的一番景象？你是急着拿起相机还是急着举起猎枪呢？我两者都不会，我只会放任自己的眼睛去注视，去追逐，那是我的注目礼，因为我在以前的文章里写过，见到美，是要行礼的！

山路上的小雏菊，请你在重阳等我

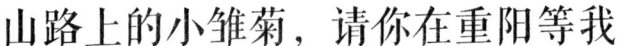

山路上的小雏菊，请你在重阳等我。

莫要等不及我，即便秋霜过早地来，你也要为我，抖擞起精神来。

我不带行李，什么都不带，轻装上路，只为可以，早一点儿在重阳与你相见。

重阳，我便可以把你摘下，解救你，超度你。从手心到书房的案头，把你夹进精美的书里去，沾惹些书香气，你也算是功德圆满了。

你止不住地抖，却终于不肯说出你的寒冷。你习惯了一个人去承受，对你的亲人和好友报喜不报忧，漂泊的小身子，承受着多少苦与哀愁。

好像这花在童年的时候就跟着自己一块生长，她像极了我青梅竹马的玩伴。那时候房前屋后的园子里，校园的花坛里，都是她，年年种年年开，不变的情怀，总是一副鲜艳的模样。

雏菊，你的伞太小，挡不住人世的冷雨，小小的雏菊啊，重阳的时候，你就住到我的家里来吧。我是你看得见的圆满，你是我摸得着的皈依。

只是，先让我好好找一找，你众多的姐妹中，要辨得出你，

总要费些思量呢。这哪一朵是我当年摔倒了之后蹲在旁边哭泣的她？哪一朵是我在黄昏日落后坐在跟前的她？哪一朵是我啃着馒头趴在地上簇拥着我读小人书的她？

这花，多少年了，依然容颜不改，像那故乡的西山，徜徉在我记忆里的永远是那个样子，却几度夕阳红了呢？我喜欢花，可是每次写出来的都不及她本身的美好。我试图想要把她们捧在手心里，试图想要了解她们的内心，是坚贞还是放浪？是矢志不渝还是见异思迁？她们有内心吗？有灵魂吗？是谁把她开得那么美？不同的美，把这个苍白的世界渲染得多姿多彩。

只是，我来得太晚了，重阳的时候，你我各自都有了生命的归宿。那么，小雏菊，就做我的青梅竹马吧。我有我的爱人百合，我有我的恋人玫瑰，我有我的亲人康乃馨。恐不能再有惊心动魄的情怀让我去爱你，但你可以做我的小伙伴小苹果小青梅吗？不用我费太多的心思去讨好你，不用我费太多的忧伤怕失去你，不用我费太刻骨的相思怀念你。我只要与你，在季节的两端欢笑着打量，打着只有我们才懂的响指，吹着只有我们才懂的口哨。

在我心里，"青梅"不是一个词，"竹马"不是一个词，合起来，"青梅竹马"才是一个词，一个无比美好的词。

谁能说，这朴素的花不是植物里最美的？她有鲜明的颜色，妩媚的样子，花盆里的红，乡野里的黄和白，是哪位仙女，泼洒了这诸多颜料，把她们装扮各异，引无数花痴慨叹惋惜。总还是要凋谢的是吗？可我心不为这疼，因为我记得我儿时她们的样子，而我老了，她们还是那个样子，生生不息，绵延不绝，永远做我的青梅竹马。

小雏菊，因为你，我是不是也可以拒绝我的衰老呢？

十捆柴禾

母亲在春节前夕来城里看我，带来村里的笨猪肉和冻豆腐，其实我们在城里什么都不缺，可是做母亲的总会认为我们缺东少西，操劳着，惦念着，盈满爱的心，一日不得清闲。

我和妻子劝母亲留下来过年，母亲说城里住不惯，见不到那些老邻居，她会很憋闷的。

我知道，母亲哪里是不喜欢，她是怕给我们添麻烦。

一天晚上，我无意间看到，母亲正拿着一支指甲油，试着往自己又干又瘪的指甲上涂，看到我进来，她的脸"唰"的一下子红了，急忙放下那支指甲油，喃喃地说："不知道这是啥东西，一辈子没用过呢。"我告诉母亲，那是透明的指甲油，男人都可以用的，用来保养指甲的。

"来，我帮你涂。"母亲不肯，我却执拗地拽着母亲的手，将每个指甲都涂上指甲油，但任凭我涂多少遍，母亲的指甲都是灰突突的，无法亮起来。

"不涂了，不涂了，浪费了可惜。"母亲一个劲儿地阻止我。

母亲一辈子爱美，爱唱爱跳的，可是为了我们，她的那些好看的衣服只能放到柜子里，来不及去穿。为了我们，一次秧歌都没有扭成。每天都要忙她的没有边际的活儿。"行啊，我就把这些

衣服当我的装老衣服穿，留着下辈子穿。"母亲总是这样安慰自己。

我知道，不光是指甲，母亲的身体里，流失了太多的营养，那些营养，都流进了我们的血液，使我们茁壮成长，母亲却日益衰老。

我捧过母亲的手，仔仔细细地打量起来。

被流年彻底掏空过的母亲的手，它们苍老干瘪；

被岁月彻底洗劫过的母亲的手，它们沟壑丛生。

母亲的手指上没戴过戒指，一生都没有富贵的标记。

母亲的手指上更多的时候戴的是顶针，把针线从坚硬的鞋底穿过，反复穿梭，为我们做出一双双温暖的鞋子。此刻，我多么想用风尘仆仆的衣裳，把母亲的顶针，这全身上下唯一的饰品擦亮。

母亲的手常常为我们破旧的衣服打上漂亮的补丁，缝补我们困苦的童年，常常会为我们嗑一堆儿瓜子瓤儿，会剥开岁月之橘，滋润我们生长的疼痛。

母亲的手，会穿过时间、穿过骨头抚摸我们。

母亲不识字，母亲的手指从没握过笔，可是母亲却把爱写满了我们的人生。

在冬天，母亲就是家里的火。在我最初的记忆深处，灶火先是从母亲的掌心蹿出，先是舔热母亲清瘦的手指，然后才回到锅底。灶火，照耀着母亲年轻的面颊，直至衰老。火的声音，摇撼着充满风霜的日子，让我们的家园布满温馨与祥和。

织毛衣的时候，母亲的手仿佛被火焰缠绕，所有的温暖从母亲的手上递过来。夏天，母亲的手拿着蒲扇，为我们驱赶闷热和蚊虫，母亲有风湿病，十根手指在雨天就变成了折磨她的魔鬼，钻心地疼痛。

母亲的手掌开始皱了，开始有了裂痕，可她擀出的饼依然那么薄，蒸出的馒头依然那么雪白，像我们日渐丰满起来的身体。

母亲的十根手指，就这样渐渐风干为十捆柴禾，驱散着我们一生的寒冷。

迟子建在她的散文《女人的手》中写道："……女人在临终前比男人喜欢伸出手来，她们总想抓住什么。她们那时已经丧失了呼唤的能力，她们表达自己最后的心愿时便伸出了手，也许因为手是她们一生使用了最多的语言，于是她们把最后的激情留给了手来表达……我现在是这样一个女人，我用手来写作，也用它来洗衣、铺床、切蔬菜瓜果、包饺了、腌制小菜、刷马桶。如果我爱一个人，我会把双手陷在他的头发间，抚弄他的发丝。如果我年事已高很不幸地在临终前像大多数女人一样伸出了手，但愿我苍老的手能哆哆嗦嗦地握住我深爱的人的手。"

这双手让我想起母亲的手来，母亲不就是一直在用她那双勤劳的手托举着我们的幸福吗？我们的平安，我们的喜悦，都与母亲的手息息相关。

昨天晚上，突然从睡梦中惊醒，睁着眼睛看着天花板，突然就听到一阵紧张的呼喊。我连忙起身，才发现是妈妈。是妈妈在睡梦中呼唤着什么，她的双眉紧皱，嘴唇不停地闭合。

我吃惊又紧张地连忙跑到她的床边，握住她的手，过了一会儿，母亲平静下来。渐渐地，我也就拉着母亲的手指睡着了。想起小时候，每天都是这样拉着母亲的手指睡着的，那样的梦里只有温暖，没有恶狗和严寒。

天亮了，母亲收拾东西要走。我突然变得极其任性起来，我说："妈，不许走，请您一定要在儿子家里过年。明天我领您去扭

秧歌，去看二人转……"母亲拗不过我，只好答应下来。我怕母亲变卦，非要和母亲拉钩。

母亲明明含着眼泪，却是笑着向我伸过她苍老弯曲的手指，和我说，拉钩！

我勾住母亲的小指，这十捆柴禾中最小的一捆，便足以温暖我的一生。

我的光阴嫁给了一个影子

　　这是诗人张枣的诗，前一句是"这是我钟情的第十个月"，后一句是"我咬一口自己摘来的鲜桃"。我直接迈过第十个月，也不嘴馋那个鲜桃，独独喜欢了这一句："我的光阴嫁给了一个影子。"它迎合了我此时此刻的心情，它找准了我心脏的位置，一击即中。

　　此时此刻，我正坐在老家的火炉边，一手端着茶杯，一手捧着多年前的一本文学期刊。连我自己都讶异，这样的场景有多久不曾出现了？大概有二十年的光景了，二十年前，我作为一个狂热的诗歌爱好者，曾经在冬天里，把桌子搬到火炉边，夜以继日地写诗，天塌下来都不顾。

　　我不知道，我是在重温那段场景，还是在重温那段心绪。

　　"我的光阴嫁给了一个影子。"就像炉子里最好烧的一块煤，闪着蓝色的光焰，它在这个时刻跳将出来，总是有它的寓意的吧。这是我寻了大半生终于找到的话，也算是为我的文艺情结做一个了断吧。

　　它更像是一个怨妇的哀叹，大半生的光阴就此付诸东流，单单得到一个影子的答复。

　　或者人生，本就是一场虚幻的旅行吧。这一次，在时光的峡谷里，我破例倒着坐了一回过山车，去寻一寻年轻的影子——

　　年轻多好，脸上生满青春痘的年龄，心上也生满爱情的草。任何一次失恋，都会令你魂飞魄散好几万秒，然后继续毫发无损地成长，这就是青春。平凡而又紧张的日子像弥漫开来的璀璨烟花，朵朵都是眉宇间的小忧愁。丢失了一块小手帕，少女便惊慌失措，以为梦里的秘密，也随那块手帕，一并泄露了出去；一个窥探被心仪的女孩捕获，少年的脸红得发烫，心也怦怦乱跳，却背过身去向着风讨饶："风，唯有你知道我的底细，求你，别说出去。"

　　那时候的天空很低很蓝，像一面无人敲的大锣，你猛劲儿地喊一嗓子，仿佛就可以将它震破。还有夜里的星星，永远年轻，永远纯真，连一岁都不会生长。

　　再往年轻追溯一点儿，就到了我的女儿那个年龄，更是数不尽的欢娱无忧。她从未担心过什么，未来还那么漫长，等得及她提着拖鞋穿着睡衣用舒肤佳在脸上玩出许多美丽的泡沫；等得及她在去学校的路上哼着变了调的小曲；等得及她踮着脚尖儿使劲儿去够一枚闪闪发光的叶子；等得及她跟在一只穿着鞋子的小狗后面，学着它别扭地走路；等得及在老师没来之前迅速消灭一袋果冻；等得及对一辆红色单车的挂念；等得及对一把吉他的眷恋；等得及她去拆开一张张裹着甜丝丝的小秘密的纸条；等得及她郑重其事地对妈妈说"我可以恋爱了吗"？

　　她的快乐触手可及，如同熟透了的樱桃。那么多的等得及，就像货架上琳琅满目的商品，等着她随意地去挑选。

　　光阴啊，就这样如流水一般滔滔逝去，所以我们才把一张张撕掉的日历，叫作流年吧。

　　我们就这样，一边慨叹着岁月的老去，一边迫不及待地想看看，光阴的树上到底结了什么样的果实。

　　我的树上结的果实，是一颗爱着的心。

我幸福，因为一贫如洗中获得了爱情。拿出旧日的瓷碗，它们洁净如初，还有保存完好的粮食和爱恋，我对爱人说，住下吧，这样的好日子需要我们好好品尝。

我感念，因为两手空空时拥紧了友谊。即便到了曲终人散的时候，依然感谢上帝在旋律最好的时候是让我们在一起的。我对朋友说，记得和遗忘一样，是给彼此最好的馈赠。

我为好人祈祷，祈祷他们一生平安；我为从我身边路过的一只小狗祈祷，祈祷它的尾巴永远会因为欢乐而摇摆不停；我甚至在秋天的大风里祈祷，祈祷随风起伏的庄稼们幸福。

而现在，我最该为之祈祷的，是父亲和母亲。母亲忙活了一个下午，终于弄好了一桌子的好饭菜。我的每一次回来，都是父亲和母亲的节日，他们恨不得将一生的积蓄，都花在我的身上。

我不止一次地在眼前看到暮年的一个景象：那曾经年轻的媳妇，已成弯着背的老妇，穿着不再光鲜的灰色的衣服，在灰色的天空下，捡拾断落的枝条，准备着去生一笼温暖的火。

火焰旁，是她瘦小的影子，如果可以将那影子团起来，只有盈盈一握那般大小。

那不就是我的母亲吗？她所有的光阴，都嫁给了这样一个影子，忙碌着，操劳一生的影子！

父亲唤我，要不要喝一盅？

我正有此意。我提议父亲把桌子搬到火炉边上来，父亲笑着说，你啊，这么多年，一直都是那么喜欢炉火。

是啊，正是借着这点温暖的影子，我才安然无恙地走过这大半生的啊！

微醺中，我看着父亲的影子，父亲也在看我的影子，我们一起，望着岁月的影子。

兄弟是彼此的饭

这是我父亲的故事。

很多人都知道父亲和段叔是拜了把子的兄弟，可也是不折不扣的"死对头"。从小两个人就东西院住着，遇到一起就掐架，谁也不肯让着谁。还有人传说父亲和段叔以前为了一个女同学打得头破血流，段叔没打过父亲，所以离开了家乡，可是谁也不明白，赢了的父亲为啥也没娶那个女同学。父亲后来和母亲结婚生下我们一大帮，忙忙碌碌地为了日子奔波着，段叔却一个人孤单单地南征北战，走了许多地方。父亲偶尔讲起小时候就会忽然骂一声"一根筋的倔驴"，父亲骂这句话的时候我们都知道，那是他小时候和段叔打架的时候经常骂段叔的一句话，我们印象里的段叔简直就是父亲的影子，倔强、耿直，不会说一句好听的话。

去年，漂泊了大半辈子也没成个家的段叔回来了，什么都没带回来，只带回来一副得了绝症的身躯。这个消息在他回来的当天晚上，我们就在父亲絮絮叨叨的电话里听说了。父亲没多说段叔，就是和我说着母亲的病情的时候，忽然冒出一句："你段叔回来了，还住在咱们家东院。"

早上母亲忽然打电话控诉父亲的"罪行"，原来父亲把我买给母亲的东西偷出去送给了段叔。被母亲抓了现形，父亲梗着脖子跟母亲吵："你得了病有一大帮孩子管你，可他得病了，一个人都没有。"母亲被父亲的阵势吓住，在那之后不再管父亲，父亲索性开始光明正大地拿东西给段叔。今天一盘饺子，明天一块哈密瓜。母亲说懒了一辈子的父亲变勤快了，每天都是天没亮就爬起来出去溜达一圈。后来问父亲，父亲说，他天天早上去看段叔死没死，他怕段叔死在屋子里没人管。

段叔死的那天，父亲是半夜爬起来的，他说做了一个噩梦，梦见段叔喊他，说要死了。父亲急急忙忙穿衣服，母亲追问他也不说啥，就大半夜里跑去看段叔，段叔好歹是带着笑容走的，因为死的时候有个人在身边，总算没有孤零零地走。

我们是很久之后才听母亲讲段叔和父亲的事儿。段叔和父亲都爱上了同一个女同学，开始的时候较着劲儿地对那女同学好，有一天，两个人约了地方说是摔一跤，谁输了谁滚远点儿。段叔输了，第二天早上真的滚远了，居然一走就是几十年也没个音信。开始的时候，父亲觉得他过几天就回来了，可是时间越来越长，也没有段叔的信儿，有人说段叔找地方自杀去了。父亲就开始后悔，对那女同学说，不能做对不起段叔的事儿。然后托人说亲，娶了母亲，结果段叔也没回来。母亲说父亲这一辈子都在等段叔回来，结果他回来了，却要死了。父亲天天去看段叔，骂他"一根筋的倔驴"，段叔也不回嘴了，只是憨憨地苦笑。

段叔死了，没人和父亲掐架了，父亲也孤单。两人在一起，哪怕是掐架也好啊。

这也是俩把兄弟的故事。

他们生在农村，是从小的玩伴儿，一直都是贴心的哥们儿。那一年的元宵夜，城里有灯展和焰火表演，他们俩搭伴儿去看。人太多，怕走散，哥哥一直握着弟弟的手，两个少年，就那样手

拉着手，一起看完了整条街的灯展和焰火表演，没有感到一丝一毫的别扭。

去地里干活，哥哥总是和弟弟挨着，哥哥干得快，总是帮弟弟。

哥俩都是争强好胜的人。弟弟劝哥哥一起去城里打拼，哥哥说："你去吧，我这双手只能干点儿农活儿，再说，都走了，这两家的老人谁照顾啊。"

哥哥让弟弟放心去城里打工，家里有他呢。弟弟没了后顾之忧，专心干事儿，终于事业有成，而哥哥一直在乡下，一直替他照顾着他的母亲。

他们像商量好的一样，各自守着各自的轨迹，一路向前。只是，心却一直没有离开对方。

弟弟在城里的公司，叫忠民商务公司，因为他叫李大民，而乡下的哥哥，叫方忠。

星辰辗转的岁月里，他们彼此都是对方最后一个背靠背、心连心的兄弟！

最近父亲总说吃饭没滋味，"怎么就没有和老段在一起的时候吃的饭好吃呢？那时候吃东西狼吞虎咽的，香得很呢！"

"那是饿的，做点儿吃的，俩饭桶抢着吃，能不觉得香吗？"母亲揶揄他，父亲不置可否。

父亲心里清楚，有菜共享，有酒同喝，兄弟在一起，哪怕吃糠咽菜，也是香的。因为兄弟是彼此的饭！

选择是一副祖传的老花镜

《阿甘正传》里的阿甘是一个身上有着先天性残疾的人，因为智商只有75而不得不被送进特殊学校。但他一直听着妈妈的教诲，从不放弃自己。他从一个橄榄球健将，到一名越战英雄，到虾船船长，到最后，他以先天性有残缺的身躯跑遍了整个美国！他达到了许多智力健全的人也许永远也不可能企及的高度。

一个正常的人，拥有判断能力，他知道什么是重要的，什么是不重要的。一个正常的人，可以有很多选择，所以总是在等待时机。一个正常的人，不会把精力浪费在没有用的地方。但阿甘偏偏不是个正常人，他的智商比普通人低，他甚至差点儿就进了智障学校。女朋友、学校球队、部队、乒乓、养虾、跑步，似乎他的一切都不是自己在选择，而是别人在选择。当然，他也不会去问"人生是什么"之类的问题。他只会傻傻地去做一件件的事情。

阿甘的故事让我懂得了一个道理：选择很可能误导人生。因为选择太多，有的人没有用心地做事，这种态度进一步影响了他的人生。面对人生，或许应该有这种准备："人生就像一盒巧克力，你永远不知道下一颗是什么味道。"

那么，顺其自然就好。让一颗心平平稳稳地行走在没有预先

设计好的轨道上，那是一片全新的天地。

你的一生都在选择中度过，最终，却无从选择。

琳琅满目的商品，只会使你眼花缭乱，本来看好的拿在手里的一双鞋，却被妻的一句"再走走，没准儿有更好的"而放下，结果最后是"掰了苞米丢了西瓜"。

百花娇艳，一朵就够；绿叶葳蕤，一片足矣。

太阳每天都是新的，人生每天都是特别的日子。有的人，拼命攫取着，总想更多，以备不时之需，总想比别人更多更好，攀比着、奔跑着，其实，生命是有限的，脆弱的。广厦千间，夜眠八尺，人，有时真的无须太多。

选择是一副祖传的老花镜，只会让你的人生轮廓更加模糊。选择题是一个人一生要做得最多的题，不论单选还是多选，都是贪婪之心在作怪。

生命，其实很简单，无须太多选择。弱水三千，只取一瓢饮，足矣。

一棵草咬住了秋天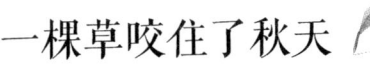

一棵草咬住了秋天，是的，咬住了秋天。秋天真的就站在那里，不再往前一步。

它紧紧咬住秋天，它在向命运交涉：你向我借的是春天，缘何要还给我一个瑟瑟的秋？我要的是绿意，而不是枯黄啊！

秋天太丰满，草的腮帮子鼓胀胀的，它咬住的，实在是金黄的亿万分之一。

为了能让秋天走得慢一些，一棵草殚精竭虑，别无他法。唯有用自己的一腔赤诚，紧紧咬住秋天。

秋天会有一丝痛吗？这亿万分之一的痛，能让秋天再逗留多久？

一棵草，只是咬住了秋天。这个世界的坚硬，它不想触碰；这个世界的冷峻，它不想战胜；这个世界的诱惑，它不想陷入。上帝恩赐它的身边没有战乱，没有力釜，上帝恩赐它以弱小和短暂来体会自己存在的美好。也许是因为它不是玫瑰，才不渴望高贵的陪衬；也许是因为它不是茉莉，才不嫉妒其他的花香；也许是因为小草天生一棵小草的心，它顺从自然，而不使世俗过多地来为难自己。只是，它也有它的留恋，它紧紧咬住秋天，哪怕让秋天多停留一秒。

因为饱满过后，秋，会很快地开始瘪下去。

就像一个倔强的人，终于向生活妥协。曾经的精致已不可寻，如今只剩素面朝天，不施粉黛，靠着门框，和风说一些不着边际的话；就像一位倚在墙垣席地端坐的老人，借着夕阳的余烬取暖。多取一份暖，便可多抵挡一阵暗夜的寒。

一棵草的身旁是一棵小树，支撑着病怏怏的天空。叶子曾经涂得很绿，花儿也涂了红唇。可是它们再俊朗，再妖娆，也抵不过一丝凛冽的袭扰。

它虽然是一棵草，但路口的那些野花，是断然抢不走它袖口的芳香的。

它的信念是：可以是一棵草，但必须是紧紧咬住秋天的那一棵。

秋天捂住胸口，做了一个短暂的停留，这已足够，一棵草可以心满意足地垂下头颅。看着秋天里每一个劳作的人，那是一幅幅生动的油画，质感细腻，背景丰盈。看着秋天的米，在阳光的护送下，一粒粒回到了各自的家。

时光可以把燕子变成雨点，也可以把雨点变成燕子。更多的雨点一哄而散，纷纷撤离。在那四散开来的奔逃里，它分辨不清哪些是翅膀，哪些是灰烬。一棵草的眼里，即便是灰烬，也香艳无比。

最后，它或许会成为稻草人身上的一根筋脉，随着原野越来越空旷，它的忧伤，也渐渐显露，欲盖弥彰。却强忍着不让那滴泪落下，它说它要把泪磨成来世的种子。

麻雀答应它，要留下来陪它。麻雀停落在稻草人的肩头，与它窃窃私语。感念丰盈的旧日时光，慨叹即将到来的萧条与凄凉。

麻雀的胃里，只剩下三五颗麦粒儿，可是更凛冽的北风就要来了。

一棵草，不想那么快地枯萎，它用尽全力，咬住秋天，让自己在秋风中进行最后一次舞蹈。就像那些向生活妥协的，卸了妆的佳人，就像那些蜷缩在墙角，向太阳取暖的老人，那不也是一棵棵咬住秋天的草吗？尽管芳华不再，尽管那牙齿已松动甚至脱落，可是依然努力地咬紧生活。

一棵草咬住了秋天，秋天何尝不也在咬紧一棵草呢？

月亮再弯，亮着就好

　　周末的时候，我路过一个电话亭，看到一个农民工在那里打电话，由于大街上喧嚣吵闹，他不得不拿着话筒用很土的方言大声地喊着："老婆，我好着呢，吃得好睡得好，穿得也好。大城市真漂亮……"与此同时，我看到了他另一只脏兮兮的手上握着的两个馒头。那是他的午餐，我看到他狼吞虎咽地吃着，吃得很香。

　　阳光下一群工人在做着他们的活计，热汗淋漓，他们有一句没一句地开着无伤大雅的玩笑，手上忙碌着，心里简单着。这种室外的工作是令人愉快的，很难有人在春天的阳光下在一群人之中冥想自己的烦恼——一件工作有时会因为它的环境变成一种享受，特别是，当人们处在大自然中，头上的树木正在发芽，身边的地上落满了柳絮，他们呼吸着植物在这个季节特有的涩香的味道，阳光轻柔地抚在他们身上，而他们的工作又并不烦琐。在这时，谁知道他们是否会陶醉呢？仿佛世外桃源里的生活，他们只是一些"不知秦汉，无论魏晋"的人。

　　这些快乐的人们让我想起了兰表姐。

　　姑妈家的兰表姐是我们家族里的第一个大学生，一直都是我们引以为豪的榜样。读大学的时候，她是班级里家境最为贫寒的一个。衣服轻易不买件新的，饭菜从来舍不得买贵的。但是爱笑的兰表姐始终快乐着，脸上全是对未来的憧憬。

临毕业了，兰表姐处了隔壁大学的一位男同学做朋友，那男生家在外省的农村，家里也很穷。姑父知道兰表姐处男朋友的消息后，几经辗转去了那同学的家乡。姑父是悄悄去的，那时候，男同学家的院子里正凌乱地荒凉着，草房子的房顶上茂盛的野草正肆意地迎风飘扬。姑父的心当时就凉了半截。回来后，对兰表姐说的第一句话就是："咱家就够穷的了，你怎么找了个比咱家还穷的对象啊？"

但这并没有阻止兰表姐的爱情。在亲人的反对声中，他们结婚了。新房是一间租来的房子，冬天的屋子如一座"水晶宫"，到处是亮晶晶的冰霜，沁着凉气。姐夫去山上砍了一大堆湿木头，守在炉子边上，不停地拨弄着，试图为贫穷的生活拨弄出一些希望的火苗来。可那些木头很湿，屋子里弥散着浓烟，呛得他们不停地咳嗽。即便是那么不堪的环境里，兰表姐的嗓子眼儿里，依然哼着快乐的曲调。用姑妈的话讲，兰表姐的心很大，大得有些"傻"。

兰表姐和姐夫起初一直没有找到合适的工作，他们就临时去附近的啤酒厂刷酒瓶子，两个人在冰冷的车间刷了一天，脚上的鞋子都冻了，终于挣到了他们结婚以来的第一笔工资：15块5角钱。他们用这些钱犒劳了自己，买了肉和芹菜，包了饺子，然后就听到两个人在那个快乐的傍晚不停地打着幸福的饱嗝。

我是在兰表姐最困难的时候见到她的。姑妈生气兰表姐不听他们的忠告，结婚后一次都没有去看过她，但心里总是惦记的。正好那时候我读初中，在姑妈家借住。姑妈就趁我放假的时候让我带上一些钱去看看兰表姐。见到兰表姐的时候，我着实是大吃

了一惊的。之前我从姑妈口中略知了一些关于兰表姐的生活状况，但没想到会这样糟：低矮破旧的屋子里一贫如洗，看着让人直想落泪。但就是那样贫穷的地方，到处却是干干净净的，尤其是床上的行李，洁白得有些耀眼。窗台上一盆野菊花开得正艳，给他们凄楚的生活带来了黄灿灿的希望。

兰表姐没有钱买菜，就让姐夫做了个筛网，领着我去小河边捞泥鳅，我们一边说笑一边捞，捞了整整一个上午，结果只捞上来十一条小指那么粗的泥鳅，外加一只蛤蟆。兰表姐喜滋滋地捧回去，生了火，为我做了酱泥鳅。那是我吃过的，最好吃的穷人的佳肴。

我哽咽着，眼泪在我的眼里直打转，兰表姐却快乐地对我说，等你再来，姐一定请你吃大馆子。她说困难是暂时的，她说曙光在前头。

贫穷一点都没有夺走她快乐的天性。

后来兰表姐和姐夫双双考上了公务员，领着令人羡慕的工资，想起这段曾经贫寒的过往，兰表姐倍感珍惜。每每我的生活陷入窘境，在QQ上和兰表姐诉苦时，兰表姐总会拿她的这一段过往说事，以至于她的这段经历成了我们"家喻户晓"的教科书了。

"看到天上那轮窄窄的下弦月了吗？那就是你不圆满的人生，但是，你看它依然明亮着，从不蹙紧眉头，它会乐观地生活，直到把自己走成上弦月，走成一个与夜空的满满的温暖的怀抱。"不愧是有文化的兰表姐，说的话总是那么有诗意，而且让我的心一截一截地柔软下去。

兰表姐说："月亮再弯，亮着就好。"

在低音区漫游的蝌蚪

　　你的身边有这样一些人：他们的生命不华丽，不精彩，甚至单调、枯燥、乏善可陈。如果生命是音乐，那么他们从没有攀登过高声部，一辈子都在低音区徘徊、漫游。他们平凡普通，他们卑微琐碎，但是没有他们，就不会有绚烂的音乐！

　　妻子竞争车间主任失败了，但奇怪的是，这一次她似乎看得很开，不再像以往那样，总是凄凄惨惨地难过一阵子。妻子是一个进取心很强的人，不管做什么都想争个名次，久而久之，性格里便多了一分焦躁。可是这一次，真的是个例外。我问原因，她没说什么，只是给我讲了她班组里发生的一些事情。

　　妻子说，她的班组里有一对年轻夫妻，丈夫叫康健，是班组里唯一的一个男人。当初看到他时，妻子感觉有点惊异，因为在她眼里，她们的工作是女人的活，一个大男人怎么掺和进来了？后来才知道，康健是个病人，两年前换了肾脏，公司为了照顾他，让他来她们这里做些比较轻松的活，也算让他自食其力吧。

　　康健偏偏不健康，看来老天真是喜欢捉弄人。康健的爱人是个美丽大方的女子，他俩有一个三岁的女儿，由家里的老人照料着。因为治疗，花费了很多手术及医药费，虽然部分来源于公司及同事的捐款，但是绝大部分都是自己解决的，他们为此欠了一屁股债。每天还要服用抗排斥的药，他俩的生活已不是一般的拮

据。而且据说换上的肾脏寿命不是很长，每年都要检查，五年以上或许就会因排斥反应而衰竭，必须要重新换新的，弄不好还会有生命危险。

因为同情，妻子和同事们总想从俩人的脸上找点悲哀的色彩，但是没有，康健总不时说几句幽默风趣的话语，看到的是满脸轻松，他的爱人也总是微笑着，看不出半点幽怨。同一班组，有时他俩会相互串岗，总是想办法在一起工作，中午吃饭的时候，两个人一手一个馒头，就着自带的咸菜，低声笑语。

夫妻俩都喜欢唱歌，每次聚会的时候，总少不了他们夫妻俩的对唱节目，在他们脸上，看不到一点不幸的影子，相反，全是幸福的红晕。

更让妻子感到诧异的是，他们平日里省吃俭用，什么都不舍得买，可是那天却奢侈地买了两张演唱会的门票。过惯了穷日子的妻子，思维逻辑也变得狭窄起来，她会把这些钱变成两缸咸菜，变成一桶豆油，或者一袋大米，总之，万万不会去变成两张演唱会的门票。

女人来不及回家换衣服，向妻子借了件外套，还一个劲儿地让男人看自己规整不，她说那是个高雅的地方，不敢穿得过于随便，怕被人家笑话。一边捯饬一边为即将看到心中的偶像激动不已。康健更是忍不住来了两句浑厚的男中音，惹来一片喝彩。

生活在万劫不复的低谷，却依然有一颗朝向阳光生长的心。他们的故事给了妻子很大的震动，妻子说，比起他们来，她那一点点的失败又算得了什么呢！

没有什么苦难可以阻止他们热爱生活的心。他们很低，低到尘世最卑微的人群中去；他们很高，高过云层，将整个世界一览无余。

他们就像是那低音区的音符，平凡普通，却快乐得像小小的蝌蚪。

小小的蝌蚪，不管水的深浅，都一样无忧无虑地生活。那些摆摊的小贩，那些出苦力的工人，他们辛苦地劳作，却无比快乐。我总能听到他们很爽朗的笑声，听到他们的大嗓门"粗制滥造"出的情歌。这些生活在底层的普通而快乐的人，都是活生生的蝌蚪。热爱生活的蝌蚪，让人充满了敬意。

在低音区漫游的蝌蚪，把自己悲苦的生活谱成了鲜活的乐曲。

枕上安眠，云端漫步

年轻时，体力充沛，激情四射，总觉得玩儿得可以再晚一些，蹦迪、宵夜、网上聊天、购物、游戏……直到自己成了一个彻头彻尾的神经衰弱患者，才开始懂得，睡一个好觉，是多么难能可贵的事情。

能睡个好觉，便是一种幸福。

儿时，每天早上都是母亲喊了好几遍才会醒，母亲从不发火，心疼我，体谅我上学的苦，每次喊我都是商量的口吻。不到最后一刻不起床，有时候来不及洗脸，就匆匆扒拉一口饭，赶着上学去。恨不得吃饭的时候都是闭着眼睛吃的。父亲与我一起吃完早餐，却不像我这么着急走，而是接着躺到炕上，美美地再来一个很短的"回笼觉"。我很是羡慕，对母亲说："我要快点长大，长大了也可以像父亲那样，每天早上有回笼觉可以睡。"

母亲戳着我的头和蔼地说："傻孩子，你爸爸的回笼觉只有10分钟。你只看到这惬意的10分钟，却不知道，你爸爸去了工厂之后，在机床边一站就是一天。只有偶尔才会坐下来歇一歇。"

女儿和我小时候有同感。早上睡眼惺忪地起床，看到我还在蒙头大睡，总是不自觉地和她妈妈说："看我爸爸多好啊，可以多睡那么久。"儿女都是这样的吧，只记取美景，不问辛酸。我每天半夜起来写作，她都是看不见的。

直到有一天，女儿半夜起床去卫生间，看到了我困得不行，在电脑桌边睡着了。待我醒来，看到屏幕上贴了一张小纸条，上面写着：爸爸，你太辛苦了，多睡一会儿吧！

那一刻的幸福，抵得上我睡足了一百个好觉。

和睡个好觉一样，享有独处的时间，能静静地思索和怀念，也是一种幸福。

喜欢那样唯美的场景：一个少女，在夏日的窗边，托腮凝眸，望着天边的云。一杯咖啡在左，腾空而上一团香气；一只猫咪在右，蜷缩成梦的模样。那一刻，灵魂似乎出了窍，不知游向了哪里，或许已随着心爱的人去了另一座城市，或许已随着多年以前一个羞赧少年的表白，而在排演着后续的一幕幕场景……嘴里却在哼着王菲的歌儿："我见过一场海啸，没看过你的微笑。我捕捉过一只飞鸟，没摸过你的羽毛。"

我亦有那样失神的时刻。怀揣一朵小火焰，把自己藏到一朵云里。并在那朵云里记住爱人的样子：木棉的脸、青桃的肩。从此，把每一个白天都当作一次偶遇，把每一个夜晚都当作久别重逢。

我看见一朵云，驮不动一滴雨，又或者，雨不舍得云太累，所以，雨落下，不肯在云的背上停留，尽管那么喜欢云，脊背上的温暖。

都说引力在地上，我说引力在天上，你看那炊烟，被天空抻成拉面，你看那鸟，直直地往云隙里插去。你看，我的眼神，我的心绪，都被引去，空留了一副躯壳在窗子底下。

钟表是这个屋子里的小心脏，我不担心有一天它停下来。甚至，我想把电池取出来，为时间点穴，让时针停下，分针僵住，

秒针也安眠。让一路小跑的事物们向后转，跑回昨天，跑回经年，温故知新。或者原地踏步，不越雷池。

我的心，正在云端漫步。这一刻，很多美好的东西，都重新回到了我的身边。我的心上还有很多钉子没有拔出来，也不想去拔。就在那上面挂一些记忆里的衣裳吧，坎肩，风衣，皮袄，不同的季节，挂不同的心境。那些年里，我们一直奋力地走，努力地找，却仿佛一直一无所获。当时你或许万分沮丧，如今回想起来，那却可能是你最幸福的时光。

人生幸福之事不外一二，若能枕上安眠，身体便逍遥了，若能云端漫步，心灵便愉悦了。

那么，去睡个好觉吧，让枕上的鼾声为梦伴奏；去安静独处吧，让心灵慢慢溢出一朵朵香来。

白 露

我还没准备好，白发，请先不要露头。请你暂且回到洞穴去！

——白露

遍地丛生的碎屑

我有一个抽屉，装满了来自生活的疼痛的碎片。

第一次和爱人看电影时的电影票。为她擦过眼泪的一块手帕。爱情转身的时候，我最后一次送她离去的站台票。

被撕碎的结婚照片。被摔碎的半块镜子。被诅咒过的一个陌生男人的来信。一枚占卜过我的命运的硬币。一张表情麻木的下岗通知。

一些朋友的信。一些嘘寒问暖，一些善意的忠告和安慰，一些委婉的拒绝。

女儿的成绩单。各种各样的获奖证书。她偷偷为我买回来的胃药和嘱咐我按时吃药的留言……

我的抽屉。一生的积蓄。我支离破碎的生命。岁月的补丁。

时间的残章断句。

抽屉没有锁，锁不住那些誓言的鸽子。只能锁住一些疼痛的碎片，一些被肢解了的幸福。

在老家的立交桥上，每年七月十五的夜里，都会有那些化为灰烬的碎屑在风中飘荡。我看到一对老人在桥的最高处放一盏灯，然后相互搀扶着伫立在那里，一动不动，任凭夜风吹乱他们的白发。

他们在怀念女儿。

他们的女儿是从桥的最高处纵身跃下的，被火车撞得支离破碎。

有人看见她跳下去的时候无所畏惧，脸上甚至带着快乐的表情。或许是为自己终于得到的解脱吧，在一场无望的满是煎熬的爱情里。

爱情在她那里变成了毒药，得到和失去，都令她粉身碎骨。

只是，那一跃过于决绝。破碎的不仅仅是她的生命，还有亲人的心。

一个人的一生就是不断地把自己拆离，要分好几块给不同的人，所以，人往往是千疮百孔的。总有一些遥不可及的梦想，总有一些怅然若失的疼痛。在我们生命的底页上，铺满了忧伤的碎片。大量职工下岗，操起卖小吃、擦皮鞋、收购酒瓶子的营生；昔日的车间主任到私营小厂当起更夫；惨淡经营的商人积累起来的家业，在一次失误的扩张计划中血本无归；拼了半生的命，挣到了足够的钱，忽然感觉身体不适，到医院检查，发现是绝症，并已到晚期；千阻万挡，为儿女们那些盲目的爱情设置了重重关卡，却依然被儿女们一个个攻破，最后只能用慈爱的手掌不停地摩挲着他们的头，听他们流着泪，讲他们流了血的心……

人生下来就伴着哭声，注定要经历疼痛的碎片。那些碎片让生命变得无比厚重。

每天都要撕下一张日历，提醒我们过去的日子不在了，成为碎片飘远了。每个人的最后，也终将成为碎片。自己的碎片，别人记忆里的碎片，历史的碎片。就这样，所有的早晨都是撕掉昨天换来的，所有的黄昏都是夕阳悲壮地撞破额头送走的，无数疼痛的碎片填充了人的一生，无数悲伤的碎片璀璨了生命的夜空。

但你不能停歇，你的双肩担着生命的重任，你卸不掉爱你的那些期待的眼神，卸不掉疼你的那些忐忑的心。生命要继续，双脚依然要行走，心灵依然要向着梦想艰难跋涉。

把那些碎片垫在脚下，铺出一条朝圣的路；把那些碎片挂在胸前，穿成一串祈祷的佛珠。

我把所有疼痛的碎片都装进抽屉，我的抽屉就是一部完整的童话。我为小小的女儿珍藏着这些宝藏。小小的女儿，什么时候读懂了这些疼痛的碎片，什么时候就开始长大。

七月十五日再次回到老家的时候，我依然在夜里看到了那些燃烧的纸屑。那个立交桥，成了那一对老人的断肠地。他们在用自己破碎的心，去怀念另一颗破碎的心。那时，我正骑着车子从桥上经过。桥的坡度很大，骑车爬坡时会把人累得气喘吁吁。但是，在看到朋友立文驮着未婚妻疯狂爬坡的时候，我忽然理解了那个带着微笑跳下桥去的女儿，理解了那颗破碎的心。在朋友竖起的头发里，我又一次感受到了爱情的魔力，因为骑着空车的我，使出了吃奶的劲儿也无法追赶上他。

有时候，人生就像拼图游戏，每一小块图片都不会重复，你必须一块一块不怕麻烦地拼起来，最后才能看到整幅风景。这就是生活吧。它总是不断地把那些美好的东西打碎，然后又不断地把打碎的碎片重新组合起来。

揣进口袋的星星

　　大学的最后一年，家里的庄稼遭遇了严重的旱灾，全家人心急如焚，弟弟偷着给我打电话说，父亲上火，吃不下饭，睡不着觉……

　　我想我已经是一个大人了，应该为家里分担些难处。其实在父母眼里，我已经是个让他们骄傲无比的孩子了，考上大学为他们争光不说，而且除了第一年开学的学费之外再没有管他们要过一分钱，我的特长是外语，我便利用业余时间为一些孩子辅导英语，凭此一项，不仅能挣够学费，还有一些结余，维持自己的生活完全不成问题。

　　但眼前的问题是，我业余时间做的那些工作，也仅仅是维持自己的生活而已，无法接济家里。怎样才能让自己尽快得到一笔钱，以解家里的燃眉之急呢？这个问题搅得我每天夜里都辗转反侧，难以入睡。

　　周末的时候，我去劳务市场转悠，希望再揽一份家教的活，但因为我开出的条件是对方先预付我半年的工资，所以谈好的两个主顾都告吹了，我望眼欲穿，像一个廉价的商品一样，等待着客人的光顾。蓦然间就看到了那个乞丐，心就跟着悲凉起来，感觉自己也在乞讨，向纸醉金迷的城市摊着卑微的双手。

那是个衣衫褴褛的乞丐，一个年近古稀的老人，骨瘦如柴，仿佛一阵风便能将他吹跑的样子。

在这个城市人潮涌动的街边，他和别的乞丐没有什么区别，一根拐棍和一只有缺口的碗便是全部家当。唯一不同的是，他的身旁放了一捆鲜艳的彩纸，他规规矩矩地坐在那里，一丝不苟地叠着什么。

我走上前去，发现他在叠一颗颗幸运星。让人不解的是，他在叠幸运星的时候有个很奇怪的动作，就是把叠好的幸运星放到胸口，然后虔诚地跪下，对着天空喃喃低语，仿佛许下了某种心愿。每叠完一颗幸运星，他都会如此，因为年纪大了，眼神也不太好，所以叠起来很是费事，要老半天才能叠完一个，但他仍然在孜孜不倦地叠，乐此不疲的样子。

我向他的碗中放进去一枚硬币，老人便从怀中捧出了一颗幸运星："年轻人，把这个给你，愿它为你带来好运。"见我犹豫，老人说："收下吧，每一颗我都祈祷过的，上帝一定能看到我的诚心，会保佑你们这些善良的人。"

原来如此。老人虔诚地向天空下跪，就是为了向上帝讨好，以使他的幸运星沾染上幸运的灵光。我暗暗嘲笑他的傻，他虔诚的跪拜真的可以为他的幸运星镀上灵验的金边吗？不管怎样，我还是把那枚幸运星握在了手中，放到了最贴心的口袋里。我们总不能拒绝一个老人善意的祝福。

因为很多人的心都僵硬了，所以他的乞讨并没有因为特别的乞讨方式而有所改观，但他没有改变他的方式，每个施舍者都得到了他那镀满虔诚祷告的幸运星。由于一次次地下跪，他的膝盖已经磨破了，有一丝丝的红开始向外渗透，宛如绝地上开出的艳艳的花。

　　与此同时，一个西装革履的人路过他的跟前。虽然面色凝重，显得行色匆匆，但还是停下了脚步，不自觉地掏出钱夹，为穷苦的人掏出了自己的一份善心。同样，他也得到了老人的一颗幸运星和老人的祝福。他把它拿到手里，自嘲似的脱口而出，你是说这颗幸运星很幸运吗？那么就让它保佑我在最短最短的时间内找到一个精通英语的人吧。

　　听到了他的话，我走上前去。

　　"你是说，你需要一个懂英语的人吗？"我对他说。"你的意思是，你可以为我们做临时翻译？"他疑惑又充满希望地看着我。

　　"Yes, speak English well."我用标准的英语自信满满地回应他，我们的手用力握到了一起。

　　我跟着他急匆匆来到一个商业洽谈会的会场，那里有几个外国人正在他的产品展览柜台前等他。我用娴熟的英语向外方介绍着他的产品，最后，外方签字了，我们完成了自他的公司成立以来数额最大的一单生意。我得到了我的报酬，2000元。他很高兴，拍着我的肩膀对我说，等你毕业了，随时欢迎你去我的公司。

　　事情进展得出奇顺利，一切都像上帝安排好的一样，让我怀疑自己仿佛身陷梦境。

　　我在最短的时间内把钱给父母汇了过去，父亲打电话来，还没来得及劝慰他，父亲在那头就已经兀自爽朗地笑了起来，他说，刚刚去邮局把钱取出来之后，就开始下雨了。"这可真是救命的及时雨啊。咱的庄稼还有救。"父亲激动地说。我竟有些呆愣了，是我带给父母的好运吗？

　　那么我的好运呢？我不自觉地摸了摸胸口的那枚幸运星。我永远无法忘记那个乞讨的老人脸上的那种虔诚，虔诚地为那些善良的人叠着一颗颗幸运星，然后放到胸口，虔诚地跪下，对着天空喃喃低语……

尽管现在行乞的骗子很多，而且为了博取众人的同情，玩起了各种各样的花招，但我相信这个老人是真诚的，他在真诚地为那些善良的人祈祷。所以感动了上帝，让那些幸运星有了灵性吧。

我从来没有如此固执地相信那颗幸运星的魔力，它始终在我最贴心的口袋里，在人生的路上，我相信，它将会带给我一次又一次幸福的闪电。

穿过骨头抚摸你

所有对家的描述中，炊烟是最能抓住人心的。每次回家，都会离老远的地方就开始望自己家的烟囱，如果烟囱里冒着丝丝袅袅的炊烟，心顿时就暖了许多，如果没有炊烟冒出，心就会凉了半截，再近些的时候，如果屋子里的灯没有亮，一颗心就整个地掉进冰窟窿里去了。委屈地蹲在门口，像黑暗中等待火把的孩子，直到母亲回来了，家就温暖了。我们屁颠儿屁颠儿地围着母亲，不停地走动。破败的屋子里，仿佛每一个角落，都能蹿出腾腾的火苗子来。

我们是如此依赖着那种温暖。每一年，每一月，每一天，哪怕不在母亲身边，也要通过电话，向那边烤烤火。

我们如此幸福，被那层温暖紧紧地护着。却不知道，一团惊悸的冷风突然来袭，将我们的温暖撕扯得七零八落。母亲得了癌症，让我们慌乱。她的瘦弱让我们心疼不已。当白花花的霜露扣住秋的脑门，我迟迟不肯迈出门槛，迟迟不肯把寒冷的泪水用完。

现在，母亲依然会按时生火，按时做饭，生活没有一丝一毫的改变，好像生病的人不是她。她尽量不惊扰自己的生活，让它们依旧平静如初。尽量不让那些痛苦的涟漪撕扯她的幸福。可是母亲的手瘦了，母亲的眼神荒了。一切痛苦都一起向这个单薄的躯体压过来，母亲咬着牙，忍着一波高过一波的疼，和我们说着并不可笑的冷笑话，只为了不让我们那么难过。

母亲近在咫尺的时候，我们背着行囊去流浪，我们回来时，母亲却渐行渐远，生命开始了残酷的倒计时。

母亲早知道自己得的是绝症，坚决不肯做手术。她说她老了，多活一天少活一天没什么区别。可是我们不允许，母亲如若不在了，我们的灵魂将无处停靠。拗不过我们一再苦苦哀求，母亲同意了。但母亲有个要求，那就是让我亲自来给她做这个手术。

给自己的亲人做手术，这是医生的大忌。因为他们在给自己的亲人做手术时，很难做到情绪平稳，这样很容易导致手术失败。

母亲却执拗得很，她说除了她的儿子，她不相信任何人。没办法，医院最后做了妥协，破例答应了母亲的请求。要知道，在这之前，我一直是主刀助手，尽管对各种手术都能应付得来，但以主刀身份给病人做手术还是第一次。没想到，第一次接受我手术的，竟然是自己的母亲。

拿着手术刀的手，开始不自觉地抖，因为我生怕自己弄疼了母亲，忘记了她是打了麻药的。母亲的眼神里带着鼓励，温暖地看着我，示意我不要紧张。我拿捏着母亲的生命，而母亲，宁愿用自己的生命，换来对她儿子的一次鼓励。从小到大，母亲每时每刻都在鼓励我们，她对我们说得最多的一句话就是：你肯定行。母亲的这种教导方式使我们变得坚强，让我们的生命里多了一份韧性。

记得小时候，有一次母亲在割稻子的时候被镰刀割破了手

臂，母亲回到家让我替她包扎，看到母亲鲜血如注的手臂，我顿时傻了眼，慌乱着不知所措。母亲温柔地看着我说，别怕，你肯定行的，来，替妈把伤口包上。我按照妈妈的话语，替妈妈清洗伤口，然后包扎，在妈妈的鼓励下，我包扎的动作竟然很像那么回事。妈妈打趣道，俺儿子日后没准儿会成为大医生呢！也就是从那时候起，我把医生看作是最伟大最神圣的职业，母亲的话也成了我日后报考医学院的原动力。

我开始变得镇静，手术刀娴熟地在母亲的身体里穿梭游走，我知道，那是我们的爱，正在穿过骨头，抚摸着母亲，就像母亲抚摸我们那样。

积满液体和苦痛的胸腔，是爱的城堡；一根根隐约可见的肋骨，是爱的森林。

慢慢地，母亲闭上眼睛，睡着了。而我则像一个纤夫，正在拼命地从死神手中，往回拉我的母亲。

母亲让我诞生，今天，在我的手术刀下，我要让母亲也重新诞生一次。

我行的，我肯定行！

合上济慈，翻开雪莱

恍恍惚惚，如同隔世。倦怠的心，正在褪尽最后一层艳丽，只剩下舞蹈的紫，孤零零地在风中飘荡，犹如生老病死的叶子，诞生时没有喊叫，死去时没有挣扎。

心在秋天，所以心疼紫色，那忧郁的被霜侵袭过的紫色，时时翻开我的心事。

秋天的玻璃，透明如无。一个呼吸，让它浸染朦胧。我的爱，被它照出来，湿漉漉，等着阳光来烘干。

我的爱还能烘干吗？秋天的艳阳高照，我却躲在背面，任心底生满回忆的青苔。

支离破碎的记忆，慢慢织成一幕诀别的悲剧：爱，向生活低了头。

秋天的花朵，嘲弄似的，向我这个低头的人炫耀她们的烂漫。她们似乎知道自己注定要颓败，所以开得肆无忌惮，恬不知耻。

我的诀别，不像云朵，从挥动的衣袖中缓缓飘走，那是诗意的诀别；不像葡萄，鼓胀着欲破的身体，被人摘取，那是喜悦的诀别；不像叶子，从树枝上掉落，投入土地的怀抱，那是幸福的诀别。

我在秋天里的诀别，是不堪回想的哀伤。

犹似这紫色，是凝固的音乐，是被压住翅膀的蝴蝶，是突然断掉的弦。

紫色，让我想起一个英年早逝的诗人——济慈。

如果说雪莱是春天里歌唱的云雀，那么济慈就是秋天里舞蹈的叶子。少年时便已成为孤儿的济慈，这紫色的秋天的叶子孤零零地在那里舞蹈，妄图煽动出一点火焰，来暖他那颗忧伤的心。

在英国的大诗人中，几乎没有一个人比济慈的出身更为卑微。他短短的一生，似乎都是紫色。而那紫色中弥足珍贵的那一丁点绚烂，来自他至死不渝的恋人——芬妮·布朗。他在给芬妮的信中写道："我在一个农民的小屋中，对着一个很方便的窗户坐下，举目远望，只见美丽的山峦和茫茫的大海相映成趣，并入眼帘，真可谓良辰美景啊！如果不是回想自身的一种压迫感，那么，我看书、遨游在这美丽的海岸上，享受着上述的快乐，不知我会怎样富有坚韧不拔的精神呢！我从来没有像这样欢乐过。死亡和疾病包围着我，把我的时间耗费了，现在这样的烦恼虽然没有压迫我，但另一种痛苦又来骚扰，以致我无法忍受——这也是你必须承认的。我的心上人，问一问你自己，你这样羁绊着，这样破坏着我的自由，这是不是十分残酷？如果你愿意在一封信中承认这一点，请立即写信给我，并请力所能及地安慰我。

你的信必须情感丰富，就像吃鸦片烟一样，能让我沉醉——你要用甜蜜的语言，并且要向它们亲吻，以便让我的嘴唇发现你的嘴唇的痕迹。

至于我，真不知道该怎样向一个美丽的人表示我的热忱。我用一个光辉的词，不过只是光辉；用一个美丽的词，只不过是美丽罢了。我真愿意我们能够变成翩然双飞的蝴蝶，哪怕只是在夏季生存三天也就够了——我在这三天中所得到的快乐当比平常五十年间所获得的快乐要多得多……"

他们在那短短的美好时光里互相传递着爱的"鸦片烟",直到济慈那封最后的信。最后的信是这样的:"芬妮,我的天使……我将尽力安心养病,就像我以整个身心爱你一样……我绝不会……跟你诀别。"然而,不到半年时光,年仅二十五岁的济慈,这棵"用露珠培育出来的鲜花"(雪莱语),却长眠于罗马,而他对芬妮的爱情,却似银河中的星星一样,永世长存。

最近看到一篇文章说,紫色是最容易褪色的,因此日本人结婚绝对不穿紫色的衣服,甚至包装礼物也不用紫色,以预示不能天长地久。没想到它竟然像咒语一样在一些人的世界里应验了,一个人可以消失得那么快,消失的痕迹就像窗台上那盆忽然枯萎了的紫菊花,连残余的花香都被风撕碎了。

芬妮是幸运的女子,得到了济慈的爱。济慈曾经说过:"我见过一些女子,她们真诚地希望嫁给一首诗歌,却得到一部小说作为答案。"济慈永远不会是小说,他永远都是芬妮心中的诗歌。

忧郁会使人歌唱,悲伤会使人舞蹈。就像这秋天,灿烂的阳光被收割,温暖也被大雁们齐心协力运到了南方,可是剩下的紫色,仍然在风里生生不息地舞蹈。它让人相信,在即将到来的冬天里,只要你把炉火点燃,不停不停地往里面扔着柴火,就可以温暖自己,守住一个属于你自己的心灵的童话。

济慈是我心灵上的一片紫,但毕竟不是我的榜样。人会失去一些东西,也会找回一些物件。不必非要顺着脚印往回走,要知道,前面的纸更洁白。秋天要过去了,还是合上济慈,翻开雪莱吧——

冬天来了,春天还会远吗?

马不停蹄地奔向枯萎

一年又一年。像叶子一天又一天，望眼欲穿，重复着无尽的等待。风传来的任何一点好消息都会使你激动地战栗。你独自等到白首，却等不来那个温暖的胸膛。人生，是不是就此谢幕？你说："不，我只是睡一会儿。谁敢保证，黄昏的时候，他不会来敲我的门？"你说："他会带进来一阵风，在耳边，轻轻地唤醒我的幸福。"

于你，相爱、离别和想念是再自然不过的自然规律，扯动你全部的神经，耗尽你最美丽的青春。而你，并不沉沦。一个美好的念想，往往是一个女人芬芳的理由。

这是我祖母的一生。在对祖父的怀想中，马不停蹄地奔向枯萎。

萧芳芳凭借《女人四十》获金马奖那次，张国荣给她颁奖，她上台的时候披肩不小心掉下来。然后她在发表感言的时候说："这女人啊，过了四十，什么都往下掉……"

什么都往下掉，花样年华里的一切，脸上的笑和眼泪，全都是滑溜溜的，噼里啪啦泥沙俱下。

生命又何尝不是如此，绚烂总是一瞬间的事情，更多的是落寞。

没有不老的红颜。花到了秋天，开始凋落。女人，过了四十，开始掉落。女人们纷纷叹息：我们最大的情敌，不是第三者，而是岁月。

一件件东西开始离开她们的身体，牙齿，头发……她们老了，再美的胭脂也会掉落，如同那些不可挽回的青春，马不停蹄地奔向枯萎。

人世间，人与人的相遇，最是奇妙。多少人，在晚年的蜡烛下，依然为年轻时和某个人的惊鸿一瞥激动不已。多少人，奔向枯萎之时，嘴角却带着幸福的微笑。

我想，这生命，除了凋谢，是不是还可以拥有另外一种颜色？

除了落幕，是不是还可以拥有另外一种声音？

除了酸楚，是不是还可以拥有另外一种味道？

所以梅丽尔·斯特里普会在暮色之年用低沉喑哑的声音缓缓述说自己的曾经，叙说那个发生在非洲恩共山脚下农场中的故事。四天会发生什么？相爱、离别和想念。和我祖母的一生一样。

他对她说："我在此时来到这个星球上，就是为了这个，弗朗西斯卡。不是为旅行摄影，而是为爱你。我现在明白了。我一直是从高处一个奇妙的地方的边缘跌落下来，时间很久了，比我已经度过的生命还要多许多年。而这么多年来我一直在向你跌落。"

她对他说："罗伯特，你身体里藏着一个生命，我不够好不配把它引出来，我力量太小，够不着它。我有时觉得你在这里已经很久很久了，比一生更久远，你似乎曾经住在一个我们任何人连做梦也做不到的隐秘地方。你使我害怕，尽管你对我很温柔。

如果我和你在一起时不挣扎着控制自己，我会觉得失去重心，再也恢复不过来。"

四天，犹如一生。那马不停蹄的秒针，每一下都扎在爱的神经上。但他们并没有让爱束缚，他们给爱注入了另一种血液："给相逢以情爱，给情爱以欲望，给欲望以高潮，给高潮以诗意，给离别以惆怅，给远方以思念，给丈夫以温情，给孩子以母爱，给死亡以诚挚的追悼，给往事以隆重的回忆，给先人的爱以衷心的理解。"这是他们对待爱的方式，对待人生的方式。

人的容颜可以衰老，芳香却不可抹去。所以杜拉斯要以这样的开头来讲述自己与湄公河畔中国人的故事："我认识你，我永远记得你。那时候，你还很年轻，人人都说你美，现在，我是特为来告诉你，对我来说，我觉得现在你比年轻的时候更美，那时你是年轻女人，与你那时的面貌相比，我更爱你现在备受摧残的面容。"

生命如此短暂。爱本身就是一种巨大的欢悦，当一个人散发出他的爱，他就开始享受自己爱的时候的那种充实与欣喜。像花儿享受自己的盛开，像树木享受鸟儿的啁啾，像人们享受大自然中的某个细节，无论是一阵携带着花香的风还是一丛摇曳的三叶草，人们都能从发自内心的喜爱中得到那清新的快乐吧。尽管我们马不停蹄地奔向枯萎，但因为心中装着爱，我们的芳香一直都在。这让我再一次想到我的祖母，像某种著名的花那样，被岁月碾碎，却芳香如故。

失眠的海

母亲有失眠的毛病，用了很多办法都不管用。这个毛病就像一只恶魔的手，招摇肆虐在母亲睡梦的边缘，让母亲的每个夜晚，都变得惴惴不安。

看着母亲日渐老去，我的心痛亦是无法言说。我开始搜罗各种治疗失眠的偏方。今天打电话告诉她，要多吃小米粥，明天打电话告诉她，在粥里放些大枣……母亲应着，按我的偏方去做了，依然不见效果。

那天早晨，我在母亲的枕头边上看到了一个盘子，里面装了一些细细的葱丝，我问母亲那是做什么用的，母亲说，难道你忘了吗？你和我说过的，这是治疗失眠的偏方啊。

母亲说，好像还挺好使的，最近几天睡得挺香。

我猛然记起，有一次我和母亲说过这样的话。可是我明明记得，我说的是姜丝而不是葱丝。

母亲听错了，可是她却那么相信她的儿子，她坚信，她的儿子讨得的偏方，一定可以治疗她的毛病。

母亲这些年要操心的事情太多：大哥喝醉酒打伤人，吃了官司，赔了人家很多钱；二哥离婚，人也下岗了，在她那里住着，靠出苦力维持生计。母亲每天天刚刚亮就要起来给他做饭，她还

一直惦记着给二哥再张罗一个媳妇，四处托人保媒；姐姐家刚刚出生的宝宝生了很奇怪的病症，医生们用了各种办法也无济于事，刚来这个世界短短几天便夭折而去；我常常在外办案，更是让母亲放心不下，一颗心常常悬在嗓子眼儿上……我们成了母亲心中纠缠不断的结，令母亲在每个夜里辗转反侧。

所有的这一切，使母亲得了这样一个毛病，夜夜失眠。

因为睡眠不足，母亲在白天的时候，常常坐在那里就耷拉着脑袋睡着了。我们看着电视，回头看母亲已经鼾声四起了。开始我们还会拿母亲开着玩笑，母亲也常常在我们的笑声里醒过来。一边笑着一边责骂自己："怎么又睡着了，都成了大觉包啦！"

母亲越来越瘦弱，极度缺乏的睡眠抽走了她的健康。那以后，我们再也不忍心唤醒坐着睡着了的母亲。

如果这些只言片语可以穿起过往，我愿意，把自己揉碎，变成一个凛冽的词、一个停顿的逗点、一个起着承上启下作用的段落。可是，一个急刹车的句号，忽然断了我所有的念想——母亲，因为常常失眠导致了脑出血，住进了医院。在病床上整整昏迷了十多天。

我们一边呼唤着母亲，一边在心里惦念着："这样也好，母亲，您终于可以睡一个安稳的觉了。"

那些天的梦里，总能梦见母亲离开了这个世界。总是忍不住啜泣，而自己亦常常被自己的哭泣惊醒。醒来后，发现一切都是虚幻的，确定了母亲不曾离去，便有一种破涕为笑的冲动，但是伤感的心，一时半会儿缓不过劲儿来，身子依然抖着，像夏日夜里被风鞭打的凤尾竹。

母亲被唤醒的时候，我们每个人的脸上都挂满了幸福的泪水。那种表达不出的爱和长年埋在心里的对母亲的依赖，原来是经不住一丁点儿分离的风吹草动啊。

　　从小到大，我们在睡觉时一个轻微的咳嗽，一次简单的翻身，都会引起母亲的注意，冬天会不时地给我们掖着被子，夏天会拿着蒲扇，不停地为我们驱赶蚊虫。我们放心地做着我们的美梦，不担心中途会被打断，我们的睡眠总是最舒适的，因为母亲是我们那些美梦的守护者。

　　而母亲呢，一辈子很少睡过踏实安稳的觉。

　　母亲的心，是最浩瀚的海。大海无法入眠，因为她的心里装了太多的牵挂。

　　如果可以，请让大海安心地睡一觉吧！

为我瘦的人

为我瘦的人，递给我苹果，让我在夏天的栅栏纷纷倒掉的时候，仍能握紧一份不为人知的快乐；为我瘦的人，给我戴上草帽，我以为草帽只能遮挡阳光，却不知它还能让我躲在下面悄悄地流泪。

为我瘦的人，爬上高高的山，砍回柴为我取暖；为我瘦的人，钻进深深的林，采回山药为我疗伤。

我常常爬上他的手臂，跟着他回到自己诞生的地方，那里有大片的庄稼，有成群的马匹，还有叮在人身上不动的阳光和慢慢滑行的风。在他的阳光下，我像向日葵般的生长，欢乐搅动着我的血液。

为我瘦的人，送我上学。他告诉我说，要认识世界，就得先认识自己的名字。他说：你一定要长高，要结出大红的苹果。

为我瘦的人，把劳作握在手中，把希望举过头顶。让汗浸透干枯的身子，让干枯的身子结出玉米，营养我们一张张干瘪的面孔。岁月的黄土忠诚而又善良，他瘦长的身影上生长出一片稻田，谷粒从他古铜色的脊背纷纷落下，敲响每个日子空空的食盘。

为我瘦的人，送我远行，那个早晨，门前的流水格外清澈，碰落他有生以来的第一滴泪水，洗亮我前面的每一个路口。

这个瘦瘦的身影在我身后不停地叮咛：把路走好。

在我近四十岁的生命中，再没有其他的灯，只有这一盏瘦弱的火焰，风吹不熄，雨浇不灭。

为我瘦的人，没有给我留下金银，天地是他唯一的房子，清风是他唯一的财富。我只有这一只行囊，我的衣服破了，他就为我缝上一块补丁，我的灵魂伤了，他就为我敷上几片叶子。

当我的身体被岁月穿出无数的弹孔，我珍藏的那些美酒，就开始一滴一滴地醉我；当我在岁月的夹缝和孤立无援中抬起头来，一切都荡然无存，唯有一颗依恋的心。

我痛苦的根源就在身后，为我瘦的人，在秋风中扶着摇摇晃晃的门框。为我瘦的人，我要把他扶起，我要把他身上的尘土拍打干净，我要倾听他的祝福，可是我再也听不到。

我只能把他清贫的尸骨安置到不被人打扰的地方，我像捧起鲜花一样地捧起坟上的黑土，我在飘扬的尘土中看见了整个世界。

为我瘦的人，留下的只有一个单薄的背影，我把它研成墨，写出最深沉的文字；

为我瘦的人，留下的只有声声不息的叮咛，那是爱在血液中的流淌；

为我瘦的人，拨亮了我灵魂里的灯笼，轻扶着我心中的热爱；

为我瘦的人，递给我苹果，为我瘦的人，给我戴上草帽，而我用双手接过的，分明是他卸下的青春；我戴在头上的，分明是一顶能照亮世界的爱的王冠。

为我瘦的人，父亲！

蚊子喜欢溜墙根

小时候，有一年夏天的雨水格外多，水涨船高，蚊子便也跟着肆虐横行起来。不管把窗户遮得怎样严严实实，都挡不住它们钻进来。打死了这只，还有那只，它们就像是永远打不死的诡异的精灵，让人厌恶又恐惧。比起蚊子来，就连最肮脏的苍蝇也变得可爱了。

它们总是在你睡眼蒙眬的时候开始"工作"。它的诗朗诵没有抑扬顿挫，只有"嗡嗡嗡"这一个音调。开灯，寻而不见。闭灯，它又出来寻衅滋事。最可气的是，它好像专门喜欢叮咬你的手指或脚尖，让你奇痒无比，愤恨难平。以至于人们在拍打自己身上的蚊子时，总是使了很大的劲儿，哪怕拍出一道血印子，人们也会欢呼雀跃：又打死了一只吸血鬼！我自认是个心善的人，看到地上一些小虫子都会绕着走，只有蚊子是个例外，我对它们恨之入骨。有时候活捉了一只，我故意摘除它们的羽翼，空留一支吸血管，看它还能怎样猖狂。

那时候没见过蚊香，即使有，父母也舍不得买。母亲就在睡觉前，发动我们挨个角落找蚊子，每次都能找到一二十只，一并歼之。即便如此，半夜里还是能听见蚊子在耳边飞来飞去，乐此不疲地朗诵它无病呻吟的诗歌，害得我们只好蒙着头睡觉。夏夜闷热，睡着之后，头和胳膊腿不自觉又溜了出来，蚊子的美餐来了。脖子、耳根子、眼皮、手指、脚丫子……都是它们热衷玩耍的地方，我们可就惨了，整晚都能听见"咔嚓咔嚓"挠痒痒的声音。如果碰巧流星划过，你一定会许下此刻你唯一的愿望：愿天下的蚊子统统都灭绝了吧！

那些被诅咒充塞的夜晚，把童年的甜蜜给撕扯掉不少。这该死的蚊子，真是十足的"万恶之首"。

蚊子影响着我们的生活，也影响了父亲和母亲之间的感情。

在我们看来，父亲是唯一不惧怕蚊子的，每天晚上，我们都会看见他光着膀子呼呼大睡，从不盖被子，好像是故意和蚊子较劲似的。母亲嫌父亲不会疼人，总是自顾自地睡大觉，从不为她和孩子们去消灭几只蚊子。刚结婚那几年，每天晚上睡觉前两个人都会给对方挠痒痒，不知从什么时候起，这个习惯没有了，取而代之的是父亲那一声紧似一声的鼾声，雷霆万钧般鼓噪着我们的耳膜。那鼾声越响，母亲的心就越往下沉，其实母亲也知道父亲累了，父亲是个车工，在车床前一站就是一整天，很辛苦的。可是母亲总觉得自己被冷落着，一颗渐渐凉却的心，比被蚊子叮咬还难受。

家里的炕头，不管冬夏，都被母亲牢牢地"霸占"着。可是这个夏天，父亲不由分说地总是和母亲争抢那个炕头住，他说他喜欢靠着墙睡觉。母亲心里更是不快，挪揄他，嫌他不男人。"你看别人家的男人，哪个睡里面了？这就该是给女人留着的地方。"父亲不管母亲说什么，脱了上衣，倒头就睡。父亲每晚都喜欢喝点酒，大概是酒精的作用吧，父亲的睡眠一直很好，整晚鼾声不断，神经衰弱的母亲又嫉妒又厌烦。

终于，母亲忍受不了父亲的冷漠，使了性子，回娘家了。

憨厚的父亲却不知道自己做错了什么，每天下班都会跑到姥姥家给母亲赔一些莫名其妙的礼，道一些不明来由的歉。姥姥顺势把母亲吵了一顿："这么憨实的男人能怎么着你，你还有什么不知足的？"母亲就掉了泪，道出了她的委屈。

"冤枉死我了。"父亲说，"我知道自己有觉大的毛病，脑袋一沾枕头立马就会睡着。我也知道，今年的蚊子多，咬得你们睡不好觉。我寻思，反正我觉大，蚊子怎么咬，我都能睡着。我就干脆光着膀子不盖被，让蚊子来叮，它们吃饱了就不会再叮咬你们了。"

原来是这样，还真是误会他了。母亲破涕为笑，转而又娇嗔道："那你为啥抢我的炕头住？"

"你真不知道啊？"父亲憨憨地说，"蚊子都是喜欢溜墙根的啊。"

一棵树的诞生

在最近的"思想品德"课堂上，我总是不失时机地尝试着我的"启蒙教育法"。

我一直坚信自己是个敢于创新的人，一直摒弃那种对着辞典解释某个词语的照本宣科的行为，那样只会让孩子的脑子逐渐生锈。启蒙教育贵在领悟，我一直固执地认为，让孩子们自己去领悟出一些东西来，会加深印象，从而在教育上达到事半功倍的效果。比如，我要解释"感恩"的含义，就会为孩子们举例说："在你一无所有的时候，饿着肚子，有人给了你一碗饭。如果日后你有钱了，你会怎么做呢？"孩子们的回答尽管五花八门，但基本都符合了"感恩"的含义。这些回答里面，有八个说要给那个人盖个楼，有十个说要给那个人买辆轿车，有二十个说要请那个人吃海鲜、麦当劳……

我的"启蒙教育法"在理论上是可行的，但在实施起来有很大的难度，使我一度对自己"自讨苦吃"的做法感到疑惑，打了几次"退堂鼓"。但是在昨天的课堂上，我看到了一丝成功的曙光，令我感到无比欣慰，并坚定了自己将"启蒙教育法"坚持下去的决心。

在那节课堂上，我想让学生们在内心深处理解奉献的意义，

就故意问学生们，由一个书桌，能想到什么？

我的本意是想让孩子们想到一棵树，甘愿奉献自己，将自己变成书桌和种种产品，可是孩子们的想象力太丰富了，仿佛插上了翅膀，纵情地飞舞。有的说能想到艰难的功课，有的说能想到大学，有的说能想到那条男女有别的"三八线"，有的说能想到团结友爱，有的说能想到桌面上各种各样的"雕刻作品"，有的说能想到爱护公物……

借着孩子们的翅膀，我的思绪也跟着跑了题，也飞回到了童年，我想到的是一只断线的风筝，想到九岁时夭折的妹妹，想到她曾经为了上学而哭肿的眼睛……

"不，孩子们，"我强忍住眼中的泪水，想理一理他们和自己的思维，"我是让你们想一想书桌的产生，比如，它怎样成为书桌，是什么让它甘心情愿地伏在我们面前，为我们服务？"

孩子们便想到了木头，"那么，由木头还能想到什么呢？"我接着问道。

柴火，房梁，窗户，门，家具，木匠师傅……思维跳跃性强的学生竟然直接说出了由柴火烧成的饭菜。

我便隐隐地感觉饿了，便想到中午一个半小时的午休：骑车在路上要用去半小时，再用半个小时做饭吃饭，再用半个小时为瘫痪在床的老母亲换洗尿布，时间总是排得满满的，让人喘不过气来，便不自觉地叹了口气，为自己穷困潦倒的生活，为妻子离我而去另寻富贵的世态炎凉……

"不，孩子们。"我想今天我不是个合格的老师，思想上总开"小差"。我再次厘清了他们和自己的思维，"书桌默默无闻地为我们服务，却没有一句怨言，它认为被人伏在上面写字办公是它存在的最好方式，它的前身是木头，木头也是甘于奉献的，它们被做成家具、房梁，还能变成炉膛里的火焰，温暖穷困中的人们，就连变形的木头，也能被艺术家雕刻成艺术品，赋予它们新的生命，那么，由木头还能想到什么呢？"

有时候我也怀疑自己，不知道自己费尽周折的教育方式是否过于极端，但不管怎么说，孩子们最后的回答总还是让人兴奋的。

他们沉默了一会儿，然后几乎是异口同声地说——

"一棵树。"

"是的，一棵树，"我高兴地对学生们说，"你们每个人都要努力去做这样的一棵树，供人纳凉，并时刻准备奉献自己。"

我如释重负地想，看，让孩子的心中诞生一棵树有多难。但不管怎样，只要它成长，只要它能茁壮地伫立在孩子心中，我便认为这样的教育没有白费。

我和孩子们一起朗诵自己写的一首关于树的诗歌：

"一个人心中，应该有棵树，

让你的内心始终有花香，有鸟鸣，

有让人恋恋不舍的景致；

一个人心中，应该有棵树，

让月亮在那里絮一个暖暖的巢，

让天空的星星在那里有一个摇篮；

一个人心中，应该有棵树，

人要与它比照着生长，

看谁的今朝更茁壮，看谁的明天更笔直……"

　　我仿佛听到了孩子们的脚步声，或坚实或豪迈，或柔弱或果敢的脚步声，我分明看到了一支支从稚嫩到成熟的人生之笔在生活这个无比阔大的练习簿上画着形状各异的树。

　　下课了，我正准备转身走出教室，窗外的阳光异常灿烂，将树的婆娑身影印了我满满一身，孩子们叽叽喳喳地指着我的后背笑着说："老师，大树长到您的后背上了……"

一粒飞翔的扣子

　　他是单亲家庭中的孩子，父亲在他很小的时候就因意外去世了，母亲为了他，一直没有再嫁人，许多年来，靠着四处打零工，含辛茹苦地将他养大。

　　参加中考那年，他背着母亲，偷偷地报了中专。以他的成绩，考上重点高中是没有问题的，然后就可以去圆他梦寐以求的大学梦了。但为了能够早日参加工作，减轻母亲身上的重担，他还是私自做了报考中专的决定。两个月后，通知书下来，他得偿所愿。

　　临开学的前一天，母亲领着他去商场，千挑百选地选中了一件在她看来既漂亮又不算太贵的衣服。他是不大相中的，可是他似乎没有发表意见的权利，母亲问都不问他一下，就霸道地买了下来。她坚信她给儿子买的这件衣服是天底下最漂亮的衣服，能让她的宝贝儿子成为天底下最帅的孩子。殊不知，在她儿子的学校里，那件衣服却是最土气的，同学们翻白眼嘲笑他"土包子"，他便动了要换一套行头的念想，可他心里也清楚得很，为了供他上学，母亲已经累得恨不得佝偻成一个句号。可是少年的虚荣心还是占据了上风，最后，他咬咬牙，写了一封信：

　　"妈妈，新学校的环境很好，你别担心。我每天吃得好，睡

得好，学习也刻苦。老师们都夸我学习用功呢。"

为了使他的信更具真实性，他还故意编造了一个小事件，他说他在跑赛的时候不小心摔倒了，把上衣的一粒纽扣弄掉了，衣服也破了个很大的洞，"这件衣服看来是无法修补的了，妈妈，请您给儿寄来200块钱，我自己去买一件衣服。其他都好，勿念！"

没几天的工夫，汇款就到了，随着汇款一起到的，还有一封信。

"吾儿，身体没摔坏吧，有没有让校医好好检查一下？妈不在你身边，你要懂得照顾自己。钱已汇去，你自己去买衣服吧，另外，那件摔破的衣服不要扔掉，你可以把扣子缝上，坏的地方也可以在里面缝补一下，那样你就可以两件衣服换着穿了。好了，不说了，无论何时，都要以学业为主，不要为旁事分心，不要惦记妈，家里一切都好。"

他想，母亲真是个老古董，这么容易上当受骗呢！

他把信折好，准备放回信封里。可是当他拿起信封的时候，却从里面掉出来一粒扣子。他愣住了，心中有种说不出的滋味。其实，那样的扣子随处可见，可是母亲却千里迢迢为他寄来，因为母亲坚信，只有她的扣子才配得上她儿子的衣服。对她的儿子没有一丝一毫的怀疑。

再往外倒，竟然还有一根穿好了线的针。"慈母手中线，游子身上衣。"在这一刻，他感觉到这句古诗写得多么贴切！

那个信封竟然像有待开发的宝藏一样，层出不穷地变幻出惊讶和感动！

那粒扣子是灰色的，暗淡无光，可是却刺得他眼睛生疼。他轻轻地捧起那枚扣子，仿佛捧起了母亲的心。

扣子在他的掌心，有节奏地跳动着。

他将它缝到了衣服的里层，和他的心紧紧贴着。他时时刻刻能够感受到那粒扣子带给他的温暖。

他终是没有花掉那200元钱，而是偷偷地攒起来。他要留着它给母亲买一件漂亮的衣服，因为只有母亲，才配穿天底下最美丽的衣裳。

一粒飞翔的扣子，飞越千山万水，只为了给他，一个温暖的不容半点缺憾的怀抱。

月亮是妈妈的枕头

　　拗不过一个老师朋友的再三请求，我这个"知名作家"只好临时客串，给她的学生们上了一堂作文课。为了激发孩子的想象力，我做了三张卡片，上面分别写着：落叶、微风和弯月，我想让孩子们用尽可能多的词汇来比喻它们。卡片在孩子们手中快乐地传递着，仿佛在传递一个快乐的消息。他们浮想联翩，各种各样的比喻层出不穷，卡片上密密麻麻地写满了孩子们天真的想象。

　　我拿着那充满童稚的卡片，一张张读下去，"落叶是秋天的信笺"，"落叶是冬天的请柬"，"微风是我在夏日午睡时，外婆手中轻轻摇动的扇子"，"弯月是被嘴馋的天狗咬了一大口的月饼"。每每读到这些精彩的句子时，我都会让写下这个句子的那个孩子站起来，顺便夸赞他们几句，满足一下孩子们小小的虚荣心。孩子们活跃极了，对那些写出了精彩句子的同学给予长时间的掌声。这堂作文课既生动又活泼，比我预想中的效果要好。在旁边听课的朋友也偷偷为我竖起拇指，对这堂作文课很满意。读到最后，我的眼睛一亮，被一个更为新颖的比喻吸引了："弯月是妈妈的枕头。"虽然新颖，但我认为这个比喻句不大贴切，为什么单单是妈妈呢？我这样问的时候，那个叫陈露的小女孩站起来，涨红了脸说："妈妈累的时候可以枕着它好好睡上一觉。"我说："不如改作'弯月是上帝的枕头'，因为上帝在天上，离那个枕头更近些，呵呵。"我和她开着玩笑。她没表示赞同，也没表示反对，依旧涨红着脸，好像是要为自己辩解，却欲言又止。我便借题发挥，让同学们来评断这两个句子，哪一个比喻得更贴切一些。同学们立时乱作一团，叽叽喳喳地开始评判，或许是孩子们慑于老师的权威，最后一致认定"上帝的枕头"更为贴切。

"那枕头是妈妈的。"这是我听到陈露声若蚊蝇的唯一的一句辩驳，在孩子们的喧嚣里，显得有些纤弱无力。

下课后，朋友对我说："陈露的那个比喻句是有根据的，因为她的妈妈就在天上。她一出生，她的妈妈就去世了。"我无比惊讶："那你为什么不早点提醒我？"我埋怨着朋友。

"可是陈露不想让同学们知道她是一个没有妈妈的孩子。"朋友说："上学第一天她就偷偷和我拉钩，让我为她保守秘密。到现在，还整天和同学们炫耀自己的妈妈是世界上最漂亮的妈妈呢。"

我懊悔不已。我犯了一个多么大的错误啊！"弯弯的月亮是妈妈的枕头"，回头重新想想，这个比喻句是多么贴切！妈妈在天堂里，不是正好可以枕着那轮弯月吗？那枕头是妈妈的。我的耳边一直回荡着她为自己辩驳的话。这里面裹着一颗多么执着的爱着妈妈的心啊。我仿佛看见，她正捧着妈妈的照片，委屈地掉着眼泪。她想给妈妈一个温暖的枕头，却被我无情地夺走了。我给孩子那颗固执又柔软的心，泼了冷水，造成了怎样的伤害。

"明天让我再给孩子们上一节作文课吧。"这一次，变成了我对朋友的请求，"我要给孩子们好好讲讲月亮，这个枕头本该是妈妈的，上帝，请先靠边站。"

在世上留个响儿

经过步行街的时候，我总能看见一些人缩在角落里乞讨。有残疾的，也有健全的假装残疾的。有年老的，也有十六七岁学生装扮的，跪着，把尊严蜷成卷儿，丢落到空荡荡的地上。在他们前面的地上写着粉笔字："太饿了，请求五元钱买吃的。"或者是："钱包丢了，请求六元钱坐车回家。"行色匆匆的人们几乎不会在他们面前停留，偶尔会有人扔下五角或者一元钱。在这个城市里像这样的行乞者太多了，城市里的人们习以为常，麻木不仁。我也是。又或许是人们分不清楚他们是真正的可怜人，还是刻意的行骗者，但是，当我看到那个吹口琴的老人时，我还是决定给他五元钱。因为他的琴声打动了我。

更确切地说，是他专注的神情打动了我。因为他的琴声并不见得有多么好听，他的技艺也非常一般。但他那样忘我，把自己完完全全交给了那些凌乱的音乐，在自己制造的粗糙的音乐氛围里一厢情愿地陶醉着。

那一阵阵杂乱无章的口琴声，在那个夏日午后轻飘飘地荡漾在空中。老人七十多岁，坐在一张小凳上，用一双枯瘦的手宝贝似的捧着他的口琴。老人很瘦，衣着很旧却整齐，一双灰暗的眼睛完全沉浸在他的琴声中，似乎追忆着某些逝去的让人心酸的旧日时光……他的眼神让人心酸让人怜悯，也让我无法无动于衷。我想他可能是一位孤寡老人又或许是要抚养年幼的孙子和重病的老伴，才不得不坐在这里以吹口琴的方式来博得路人的施舍吧。

但是我错了，当我把五元钱放到他面前时，他笑了，"孩子，你误会了，我不是在乞讨。"他说，"我只是觉得太闷，想在这儿留个响儿。"

我有些手足无措，不知道是否伤害了他的自尊。

一曲终了，我道了一声好。攀谈中，知道了他是一位孤独的老人，老伴去世了，孩子们忙得昏天黑地，没时间照顾他，就把他送到了养老院。他嫌养老院里太闷，就到广场上来溜达，有时候在这里一坐就是一天，他说在这里，看着人来人往的，心情就跟着好了起来。

老人喜欢口琴，年轻的时候就是用这琴声打动了一位美丽的姑娘，成就了一段美满的婚姻。从那以后，口琴就没有离开过他，累了或者闷了的时候，他都会吹上一段，或快乐或忧伤的旋律，是他和这个世界打招呼的方式，他用他的口琴，为世界留下了一点响儿。

在世上留个响儿，这是卑微的人，给自己设置的最完美的签名。

从此我们成了"忘年交"，我喜欢在他那里探究我的未来，他喜欢在我这里寻找他过去的影子。

在他那里，我感受到一种活着的力量。活一天，就要在这个世界留下一点儿声响。哪怕是你淘气地摔破了玩具，哪怕是你在厨房敲打着锅碗瓢盆，哪怕是你哼唱着走了调儿的歌儿，哪怕是你演讲着没有掌声的人生经历……每一天，鸟总是很准时地在凌晨三点开始啼叫，那欢快的啼声是我的闹铃，提醒我，不要错

过那些大好春光。每一秒钟我们都在无可挽回地老去，然后看着一段段的岁月变成了可待成追忆的当时。不想，像那些追名逐利的人一样，让生命背负太多期望和太高的高度，只想，像一只力量有限的蜂鸟，以自己小小的技艺，悬停在一只花蕊身旁。那嗡嗡的扇动翅膀的微音，是它献给世界的最轻的音乐，最精致的响儿。

老人在深秋的时候住进了医院，奄奄一息的时候，他还不忘拿过他的口琴，用他最后的气力，吹奏了一段曲子。我又想起他的话来：活着一天，就要为这个世界留下一点响儿。

他对这个世界有什么特别的用处吗？应该是没有。但是人活着，就证明这个世界需要他。来到世间一回，就要跟世界打个招呼，这是他的逻辑。不管这响儿是否动听，都是留给世界的，关于生命的信息。

不管多么微弱，都请给世界留个响儿，因为世界也同样爱着你。

只想到秋风里走走

不知不觉，秋天就晃晃悠悠地站到了我的面前。满嘴酒气的秋天，把太阳熏得摇摇欲坠。

我在城市里哀伤，柔软的脚不习惯生硬的皮鞋，单纯的心不习惯灯红酒绿。但我学会了伪装，变着不同的声音说话，生怕有人将我认清。我不想让他们知道我是个外省的农民，尽量穿得让自己像个地道的城里人一样，但身上总有些地方，与这座城市格格不入。我的灵魂纯净而卑微，我羡慕城市的生活，不停地追逐，希望能尽快与城市融为一体。但城市终归不是我的天堂，我一边努力挣钱，一边不停地受着伤害。因为永远赶不上城市的潮流，城市的变化让人目不暇接。

在那个中午之前，我是一个伪装到牙齿的城市人。那个中午之后，确切点说，是见到那只羊之后，我变回一只羊。

那只羊，是一个快餐店里负责送外卖的小伙子，衣着并不十分干净，脸上挂着憨憨的笑。他说他来迟了，对我们说了一大堆道歉的话。"路上塞车了？"我们问他。"没有。"小伙子不肯用谎言为自己辩解。他说他没有坐车，只是想到秋风里走走。他说他一年到头没有停闲过，每天都在不停地奔走，他每天都在赶时间，怕怠慢了客人。可是那天，他不知道怎么了，就那么一门

心思地想要到秋风里走走。他说看到树叶落了，就想到了衰老的母亲。那些落叶好像在向他招手，让他身不由己地走进秋风里。他不知道，他这样走走不要紧，害得我们饿了半小时肚子。这半小时里，我们不停地给快餐店打电话，快餐店老板显然也生气了，估计回去是要炒他的鱿鱼。

他并不为此后悔，他说，到秋风里走走吧，哪怕只是为了想念一会儿母亲。

我们一起去为小伙子向快餐店老板求情，老板收回成命，得以让那个小伙子继续在外卖的路上风尘仆仆。

回来的时候，我忽然也有了一种冲动。下了车，我和朋友们说，我也要去秋风里走走。在空旷的郊区田野，我和风拥抱了。我和风说，你也会在秋天里成熟。春天的你软弱无力，夏天的你散漫懒惰，冬天的你冷酷无情，只有秋天，你来到我身边，时而温柔，把往事都装到我的口袋里；时而冷峻，指给我明天的路口。

只有秋天，我才能依偎在你身边，与你耳鬓厮磨。

路过一个小镇，我会想象它的容貌，还有那些忙碌着的人们；路过一座山，我会想象它在那里蹲了多少年，看过多少岁月的沧桑变迁；路过一棵草，我会想到它在等候谁的到来，见证谁的归去。

还有一片庄稼，一块鹅卵石，一间家舍，一条小溪，一头牛，一道霞光，一棵树，一根电线杆，一朵无名的花……秋天里的事物充满哲思，闪着智慧的光。

我只是一只路过城市的羊，其实羊的天堂是辽阔的草原，不是灯红酒绿的城市；其实羊的快乐就是吃到新鲜的草，而城市里没有。这是我的思想，一只羊的感悟。

回不了家的时候，就到秋风里走走，到秋风里尽情地流泪。

到秋风里走走，感觉就像是在母亲的怀抱里游走。

一片落叶打在我的脸上，我轻轻接住它，和它说，春天，我们再见。

秋 分

秋天，梳个三七开的小分头怎么样？或者四六开，五五开，哪一个更好看一些？

——秋分

爱我的人请乘火车来

画家巴普蒂斯说："爱我的人请乘火车来"，说完他就与世长辞了。于是有了电影《爱我的人请乘火车来》。

巴普蒂斯已经七十多岁了，学生们却极其爱戴这位年迈的老师。他最后的愿望就是在死后能安葬在莱基奇小镇。如果谁真的爱他，就请乘火车到小镇为他送行。

巴普蒂斯选择了莱基奇，美丽安静的莱基奇小镇，成了他最终的归宿。对于这个七十多岁的老人来说，莱基奇小镇上的水井、河流、村野、磨坊、邻居、商店，仿佛仍是一个个谜，一个个他无法猜透的谜。他仿佛看到了坡岗上那转动的风车，闻到麦子在阳光下的那种焦香，还有那灿烂的稻草、农具和牲畜散发的

113

气味。怀念已久的炊烟裹住一颗摇摆不定的灵魂，开始了自由自在的、无压迫的呼吸。来自天籁的声音给这物欲横流的现代生活以人性的温馨，给浮躁的心以宁静的慰藉，博大的心怀里霎时间融化了世间的一切烦琐与悲凉，真真切切地感受到了人脚立在大地上的那种温暖。

晚年的卢梭在大自然母亲的怀抱中也找到了这样的安宁："我觉得，在树林的绿荫下，我是个被遗忘的自由而恬静的人。就好像我再也没有仇敌了，仿佛森林的枝叶会为我挡住他们的中伤，仿佛枝叶会把他们从我的记忆里驱走。乔木、灌木和花草都是大地的饰物和衣裳。众多的植物就宛如播在天穹的繁星，星星点点地撒在了大地上。"

巴普蒂斯的莱基奇小镇，卢梭的乡村，都是他们心灵上的天堂，他们在一种适合自己灵魂飞翔的风里自由地呼吸。爱默生说，假如你想一个人静一静，那就去看天上的星星吧。多纯洁的梦想，我们到处寻觅幸福，却不知道，最简单的幸福就是拥有一颗恬淡、宁静的心灵。

"如今我已置身事外，一切色彩皆已化入，
声音与气味，且如曲调般绝美地鸣响。
我何必需要书本呢？
风翻动枝叶，我知晓它们的话语，
并时而柔声复诵。而那将眼睛如花朵般摘下的死亡
将无法企及我的双眸。"（里尔克《盲女》）

激情散尽，生命中似乎再没有了低潮与高潮，再没有了华丽的装饰与渲染，只剩下平静的诉说，只剩下瘦弱的一根藤条，蘸着最后的血，写下忏悔，写下追忆，写下祈愿，写下感激。

为生存的奔波让我们灵魂里的诗意丧失殆尽，正如过多的

快餐食品让我们失去了味觉。巴普蒂斯将诗意带进了天堂，莱基奇小镇上的风终日将他吹拂，死亡逼近他的躯体，灵魂却重新诞生。画家用尽一生的色彩描绘的尘世，不及一个名不见经传的莱基奇小镇。莱基奇的村舍里每一盏灯都在说话，莱基奇的旷野上每棵树都有倾吐心事的欲望，巴普蒂斯咽下最后一口唾液，像吐出鲜花一样吐出了他临终的诗句——爱我的人请乘火车来！

把光阴勾兑成酒

他是邻居们眼里的酒仙，他喝酒从不倒进杯子里，喜欢直接"对瓶吹"。喝到剩下半瓶的时候，就多了一样举动——每喝一口，都会闭上一只眼睛，用另一只眼睛看看瓶子里还剩下多少酒。如果剩得还够多，就大口灌，如果剩得少，就会马上变成小口抿。好像剩下的，是他后半生的时光一样。是啊，四十多岁的人了，剩下的时光，他怎么舍得一饮而尽！

对于一个热爱生活的人来说，再贫苦的日子，也自是舍不得扔掉的吧。

他之所以不是我眼中的酒鬼，是因为他从来不喝劣质的白酒，他是个懂得品味酒的人。没钱大不了就不喝，但只要攒够了买一瓶好酒的钱，他是断不会爱惜那钱的，因为他更爱美酒。

就为这，他的老婆带着孩子离开了他，他一个人，守着空荡荡的房子，常常会静坐发呆。倒也乐得其所，因为喝酒再不受任何限制。

他喝酒的那副贪婪之相，自然就成了人们津津乐道的谈资。而我倒是颇为心仪他那副神态，那一刻，算是"人酒合一"了。

在我看来，他虽然酒量惊人，但绝不是酗酒，他深得其中妙味。尽管他心中藏着那么多的苦：下岗、妻离、子散……下岗容

易上岗难，一次次求职碰壁，让他吞咽无尽苦涩。对妻子的想，对孩子的念，也一次次让他的心里刮着风，飘着雪。

谁也不会想到，这能喝酒的本事竟然成了他谋生的手段。多次求职碰壁之后，终于有一次，他应聘到一家公司做保安，无意间说到自己的"海量"，那家公司欣欣然录用了他，让他去做陪酒员。那个时候，企业招待上级领导或者客户，都是讲究胡吃海喝的，酒喝尽兴了好办事，所以每次都要把人喝倒不可。

他陪了三次酒，三次都把对方的人灌趴下了。他喝酒锋芒毕露，酣畅淋漓，有喝尽长江黄河之势，无坚不摧，视对方以无物。最后桌上屹立不倒的永远是他自己，大有一种"独孤求败"的傲然之气。

可也仅仅是这三次，他就辞职不干了，他说喝的都是名酒，但喝着一点意思都没有，没有人情味儿，像喝水，越喝越冷。

很多人都说他傻，那么好的工作干啥辞了不干，每天好菜好酒地吃着喝着，天底下上哪里找那好事去。他只是笑笑，并不过多解释。

再找的一份工作还是和酒有关，白酒勾兑师。他是经过长时间的磨炼和对白酒的特殊兴趣，才获得了这个技巧。一个酒厂高薪聘用了他，而他也没辜负期望，勾兑出的白酒，味道极佳。那个酒厂产出的酒，也渐渐在我们这里成了"家喻户晓"的品牌。

他也终于有了一个"大团圆"的结局，妻儿离家多年后重新回到他身边，这也算是对他这么多年来没有自暴自弃的回报吧。

他总是津津乐道于为我们介绍勾兑的艺术：

好酒与好酒勾兑不见得就是更好的酒，如果比例不当，各种酒的性质、气味不合，也可能使勾兑后的酒质量下降。而好酒与差酒相勾兑，勾兑后的酒也可以变好酒。后味苦的酒，可以增加酒的陈酿味。后味涩的酒，有焦煳味的酒，有酒尾味的酒，以及有霉味、倒烧味、丢糟味的酒，只要加以勾兑，反倒可以增加酒的香气。

用他的话说就是："好喝的酒都是甜、酸、涩、苦各种味道不停地勾兑出来的。"

想一想，这日子不也是吗？不经历点儿痛的磨砺苦的折磨，光是快乐和享受，自然也就没办法勾兑出你想要的好光阴来。

这世上，有多少人，能勇敢地面对自己光阴里的苦，把光阴勾兑成酒，肆无忌惮而又欢天喜地地喝掉？

不仅仅是一颗牙的疼痛

牙疼，是一种难以形容的疼，那种疼无边无际，令你抓狂。

我的牙疼是间歇性的，常常在夜间发作。影响我的写作，也影响我的睡眠，很多偏方都用过了，都不见效，这一度令我感到绝望。

去药店买了一盒甲芬那酸片，医生说这个药止疼效果好，只要吃上10分钟后就可以止疼，但是对胃的伤害也比较大，不到迫不得已，尽量不要吃。

这下心里就有了一种依靠。我把那盒药放到我的书桌上，我想疼痛难忍的时候就可以吃了。这样想的时候，疼痛就有了边际，我不再惧怕它，那颗牙真的就感觉不那么疼了。

人，总是需要某种依靠的吧。

疼痛难忍的时候，就生出了一种想法：让医生把自己的痛感神经掐断，从此不就没有痛感了吗？

但是，没有了痛感就是幸福吗？当感觉不到疼痛时，身体有了病症便不会被发现，健康受到威胁却没有了黄灯红灯的警报……疼痛竟然在保护着身体，虽然那么让人难以忍受。

失去痛感的同时你也会失去快感。味蕾再也品尝不到美味，指尖儿再也触摸不到冷暖，甚至，与情人的吻也失去了美妙。如果这样，你还肯让自己失去痛感吗？

只有品尝过黄连的人，才能更容易感受到泉水的甘洌；只有生活在悲剧中的人，才能演好喜剧。

所以，我宁愿有这样的痛感，证明自己还可以品尝，还可以触摸，还可以爱。

疼痛再一次袭来的时候，我静静地躺下来，一动不动，甚至舌尖都不去触碰那牙齿一下，我静静地追寻着痛的痕迹，它从下巴处开始，慢慢地爬向腮帮，到颧骨，再到太阳穴，绕着我的右半球爬行不止，像一条贪吃的小虫，不肯歇息，永在寻食的路上。

第一次，我尝试着去品味疼痛。

曼杰施塔姆写道："前面只有痛苦，后面也是痛苦，跟我坐一会儿，上帝保佑，跟我坐一会儿。"

人生在世，有几人敢于这样对自己说：让痛苦陪我坐一会儿！

生病也有生病的好处，给自己一个借口软弱，爱我的人或者会生气我的颓废，恨我的人或者会幸灾乐祸，可有什么关系呢？谁能保证自己会一直有个坚挺的灵魂？

那些生病的日子，我会暂时忘掉那些客户，那些订单，不用在早晨给自己上紧发条，不用在晚上给自己备好解酒药，我只想做一个平常人，渴望简单得像白开水一样的生活，我不要荣华富贵，香车豪宅，只想做一个快乐的农夫，在空旷的田野里纵情歌唱，在收获的季节不眠不休兴奋地收割。

偶尔软弱一下，又何尝不是在给一颗心松绑？

等爱，把我缝补得完好如初

秋天，从一把镰刀开始，它是村庄里最木讷的儿子，默不作声，埋头苦干。

秋天，以一捆稻穗结束，它是大地上最羞涩的女儿，欲说还休，暗自飘香。

我想，是镰刀累了吧，所以咬我的手，轻轻咬了一口，又咬了一口，一共是七口。

那时，风从稻田深处吹过来。在稻子的清香和阴影里，风和风窃窃私语，镰刀上沾满薄薄的血液和不可更改的宿命。

那时，广袤的稻田里所有的镰刀都走着、舞着，白花花的像迎春的大雪。

那一刻，除了珍惜，没有谁会给予施舍；除了弯腰，没有什么能与生命亲近。整个大地空旷无边，我只是其中最小的稻穗。谁知道遇见了你，带来一阵慌乱的风。

你使我雀跃，又使我一夜无眠。

其实那时就注定了，你是割伤我的那把刀子，轻轻地咬我的手，我的心。

你来了，在稻穗饱满的时节。你是注定要来收割我的吗？如果那样，我会含着微笑，躺在你的怀里，忘掉天空，忘掉尘世，只记住你，唯一收获我的人。

可是镰刀咬了我七口，你注定要伤我七次吗？

你一次次重新回来，只是因为爱过，忘掉往事比记住往事更难，更需要坚定的心。我只有在那里等待，除了被你收割，我别无退路。

我是稻穗，我只能在秋天怀念你。

可是镰刀咬了我七口。

风很大，足够掀开秋天的所有秘密。秋天有秘密吗？应该没有，秋天是揭开谜底的季节，是一切都了然于心的豁达，是尘埃落定，是你终于说出的爱和离开。

风没有家，却仍然那么乐观，我们有家，却总不愿出来。

镰刀割倒了稻子，也割倒了一垄垄晚霞，镰刀是轻飘飘的，稻子却是全村人最重的心事。

在空荡荡的生命里，稻穗的爱情在经历一次冒险。

人走过的地方毕竟和风吹过的地方不一样。那种味道告诉我，你来过，并且用泪水画出了爱情的脖颈，用哀怨描出了爱情的双眉。

我等待着下雨，等着沥沥的雨，把所有的苦都酿成糖。

我注定要被你所伤，也只有被你所伤，才能变成粮食，喂饱你每一个香喷喷的日子。

我宁愿被你收割，也不愿意被麻雀衔走，那样，我的灵魂会四处漂泊。

我垂下头颅，等着爱，把我撕得粉碎。

我安然躺下，等着爱，把我缝补得完好如初。

梦在凌晨结了一层薄薄的冰

在百无聊赖的寂寞时光里，我只想养一种宠物：梦。

它是我的手帕，有它，所有的伤口都不再疼，有它，所有的眼泪都能找到故乡。当我被现实撞得头破血流的时候，我知道我还有一个好去处：梦的巢穴。

可是最近，我的梦总是在凌晨戛然而止，或者是因为憋着的一泡尿，或者是因为数十年如一日地咳嗽，总之，温暖的梦总会在凌晨的栅栏前紧急刹车，就像《色·戒》在国内公映的时候被删掉了某些情节一样，对于梦的不完整，不免让人心生怨恨。

温暖的梦被惊醒，就像在心底结了一层薄薄的冰。或者，命里注定，凌晨是我的一道门槛吧。所以我的梦不是韩剧，不是千折百回之后的大团圆，它是永远的悬疑剧，结局永远留给明天。

这样也好，总会让我对明天充满幻想。梦结了冰，我的生活就有了一种如履薄冰的感觉，物价上涨，拿着那点微薄的工资到偌大的市场去，就仿佛是乘着一叶小舟在大海上航行。并且，任何一次涨价的风暴都会将你打沉。

我戒了酒买体彩，我戒了烟买福彩，我戒了大鱼大肉买基金，我的明天动力十足，我把自己组装成一部马力十足且耗油量小的轻型小卡，每天都上紧发条，不停歇地奔跑，让我无法确定，奔跑的到底是自己还是那高速公路。我的基金，我的彩票，我的每一个明天都伴着新的叹息和新的希望。

现代人都患上了不同程度的情感焦虑症，超速、闯红灯，一手握着方向盘，一手握着手机，讯息迅猛，像汹涌的车流。还了按揭贷款，生活又开始捉襟见肘。身心俱疲的时候，想到放弃，放弃整个尘世。不过明天还有彩票，还有基金，这就像是汽油，让我又有了动力。虽然油价不停地上涨，但我总要奔跑。我无法停下来。如果可能，我会把梦都安上轱辘，装满汽油，开到宇宙，去别的星球分一杯羹。那时，"宇宙就变成一座黑暗森林，每个文明都是带枪的猎人，像幽灵般潜行于林间，轻轻拨开挡路的树枝，竭力不让脚步发出一点儿声音，连呼吸都必须小心翼翼：他必须小心，因为林中到处都有与他一样潜行的猎人，如果他发现了别的生命，能做的只有一件事，那就是开枪消灭之。在这片森林中，他人就是地狱，就是永恒的威胁，任何暴露自己存在的生命都将很快被消灭。"这就是宇宙文明的图景，是刘慈欣在其科幻小说《三体2》中对费米悖论的精妙解释。

因为凌晨又把一个明天换成了今天，我盼着明天到来，又怕它的到来。

直到听到杨丽萍说过的一段话，我才放慢了脚步，灵魂的舞步也从疯狂的的士高转到了慢四。杨丽萍对自己的生命之旅有个很美的评述，她说，有些人的生命是为了传宗接代，有些是享受，有些是体验，有些是旁观。我是生命的旁观者，我来世上，就是看树怎么生长，河水怎么流，白云怎么飘，甘露怎么凝结。

这是多么豁达而优美的话，和她的舞蹈一样超凡脱俗。这一次，她带给我的，不仅仅是美的震撼，更有灵魂上的顿悟。

在凌晨醒来又有什么关系，不是正好可以看到星星吗？不是

正好可以听到爱人的鼾声吗？不是正好可以铺一座桥，安静地和古往今来的贤人雅士促膝谈心吗？不是正好可以怀着忐忑的心，等着那轮太阳喷薄而出吗？

忙忙碌碌的你，忘掉了很多事情。每一天，都要认认真真地去朝拜太阳，他日理万机，为整个尘世操心劳神。每一天，都要恭恭敬敬地瞻望月亮，这个白色的灯笼，让仰望她的颗颗心灵生出了丝丝暖意。

我的梦在凌晨结了一层薄薄的冰。现在，我可不可以这样解释它呢——我的梦，终于在凌晨凝结成了甘露。

时光不旧，只是落满尘灰

那时我20岁，却在经历人生的秋天，满目落红，遍地枯草，大有"晚景凄凉"的味道。在我自己看来，当时的窘境甚至不如隔壁的那个孤寡老人。

他没有退休金，每日里靠捡拾垃圾艰难度日。喝酒算是他一天中唯一的一点乐趣吧。只有在喝点小酒的时候，那院子里才有了点儿活人的气息。那样的时候，我甚至能听到他哼着一些古老而神秘的曲调。

他的院子里堆着的都是捡来的没来得及去卖的破烂儿，就是这廉价的破烂儿，竟然也遭遇了盗贼。那盗贼就是我。

高考落榜后，父母让我去工厂做学徒工，我不去，关起门来坚持写作，梦想有一天可以写出名堂来。苍白无力的青春，空洞的辞藻，自然无法让我写出多么出彩的文章来。消极的我开始变得颓废，抽烟酗酒打架"无恶不作"，邻家隔几天就上门来和父母讨说法，父母气急败坏，不再给我零花钱，任凭我"自生自灭"。我要写稿投稿，没钱买稿纸和邮票，只好打了他的主意，因为我注意到，他那些垃圾里，有一些本子，是可以拿来用的。

他并没有太严厉地呵斥，只是对我说："你不好好读书，来这破烂儿堆里翻个啥？破烂儿就是破烂儿，还能翻出什么稀罕玩

意儿来？"说完他就往那堆破烂儿里一躺，和那堆破烂儿融为一体，好像要告诉我，那破烂儿是他的，也就他把那破烂儿当有用的东西吧。"嘿嘿，我也是个破烂儿。你来翻翻，看我口袋里有没有点儿值钱的东西。"

我的脸羞臊得通红，只好和他坦白，说自己看中了他捡来的那些本子。

"不过话说回来，破烂儿也分两种，一种是完全没有用的，另一种是还有一点利用价值的，比如我捡的这种，还是可以换回一点钱的。"那天他喝了酒，心情不错，没有和我发火。借着酒劲儿，还对我进行了一番教诲："人啊，不管多糟糕，哪怕你狼狈得像个垃圾一样，只要用心，你也会是那可以回收利用的垃圾。相反，你若自暴自弃，沉沦堕落，那么你就是把自己扔进了不可回收的垃圾箱。"

听着这话，一点不像一个捡破烂儿的老人说的，反倒像我的语文老师在课堂上给我讲的。

为了"惩罚"我，他说："去给我把窗玻璃擦了吧，很久没擦了，都看不到外面的东西了。"

我只好乖乖地去擦玻璃。玻璃擦干净了，晦暗的屋子一下子亮堂了起来。他心情很好，招呼我喝一口。我捏着鼻子喝了一口，辣得不行，直吐舌头，他倒是乐得前仰后合。

最后，他在自己的垃圾里仔细挑拣，把那些我能用到的本子都给了我。

"该惩罚也惩罚了，不过你既然帮我把玻璃擦得那么干净，也得奖励奖励，这些就奖励给你吧。"

我流着泪接过那一摞本子，脏兮兮、皱巴巴的本子，我却坚信自己可以在那上面写出干干净净、青春靓丽的文字来。

一度以为，自己荒废了光阴，不可救药。但这个可敬的老人让我知道，时光还没有被我用旧，只是蒙上了一层灰垢而已。只要用心去擦一擦，那隐匿起来的时光随时都可以亮洁如新。

睡在炊烟里的母亲

摸着黑回家的母亲，与黑暗融为一体，像一片不被人知的最单薄的影子，贴着地面，缓缓蠕动。

她把钥匙丢失，打不开自己的家门，就像人间的祈祷，打不开耶和华的门。

母亲老了，总是遗忘。晾晒的衣物忘了在下雨前收回，莫名其妙就弄伤了手脚，衣服上的扣子去向不明，做饭煳锅底的次数越来越多……有人说，这是老年痴呆症的前兆，的确，现在的母亲，有时候甚至分不清左手和右手。

唯一忘不掉的，是她自己的孩子。三个儿子，三颗骄傲的星星。三个女儿，三件贴心的棉袄。忘不掉孩子们的生日，大概她也知道自己的记性不佳，便在日历上找到那些日子，然后叠起来，用以提醒自己。

除了儿女，母亲的口袋空空如也。

如今，儿女们如鸟一样飞远，母亲的桌上只有一双孤独的筷子。母亲，被冷落在遥远的炊烟里，一转身又是一年。

看到炊烟，就看到母亲了。我总是这样想。并习惯了这样去看每个人家的炊烟：炊烟缓缓，那一定是孩子们都在母亲的怀里，母亲用她的安详笼罩着孩子们的美梦；炊烟凌乱，那一定是

那些安分守己的忧伤

孩子们迟迟未归，母亲牵肠挂肚，急得在院子里打转。

那时，我就是个喜欢疯跑的孩子，也是喜欢哭泣的孩子，满脸鼻涕的孩子。可是，母亲依然会毫不犹豫地把我抱起来，毫不犹豫地、深深地吻下去。

一丝风也没有的时候，炊烟笔直笔直的，那很像年轻时候的母亲，身材高挑，相貌出众，被村里无数后生的眼睛偷偷地打量过。

可是一阵风就会将那笔直的身段吹弯，就像现在佝偻着的母亲。原来，炊烟也是会老的啊。母亲，用褶皱，用后半夜的一盏油灯，用老花镜，用哆哆嗦嗦的手，用手上的针线……爱着我们，却极力不发出声来。哪怕一声轻咳，都埋在一块柔软的巾帕里。

驼背的母亲，离土地越来越近。我担心有一天，她的头会低得触到地面，那是母亲的句号。如果耳背的上帝还能听见我的祷告，我不祈求风调雨顺，不祈求鸿运当头，只求让母亲可以伸直了腰身，好好地抻个懒腰。

柴米油盐，是这一生和母亲最亲密的事物。厨房是母亲的舞台，围裙是她的道具，锅碗瓢盆是她的乐声。即便在艰苦的日子里，母亲也总是认认真真地做饭，从来不对付。都说巧妇难为无米之炊，可是母亲却不一样，没看见她用了多少食材，却总能变着花样儿地做出许多可口的饭菜来。母亲在厨房里噼啪作响，把贫苦颠得上下翻飞，把日子炒得香滋辣味。灶台底下的火焰，总是忍不住蹿出来为母亲鼓掌。

而从灶台下欢快地跑向屋顶的炊烟，是缠绕在母亲手上的戒指，一生都未曾褪下。因为，在母亲的指缝间，我总能闻到葱花的味道，家的味道。

130

　　所以，我家的炊烟是有着葱花味儿的炊烟。我家的炊烟也是最好客的炊烟，总是微笑的。或是点头，或是招手，欢迎你，挽留你。

　　纯白纯白的鸽子，大概觉得自己过于清高，离人世有些远。所以总是喜欢从那炊烟里穿过去，让翅膀沾染些人间的烟火气息。

　　炊烟，就这样在我的目光里一茬一茬地熄灭，又一茬一茬地升起。

　　今夜，我想念母亲。可是我无法回到她的身边，唯有希望故乡的风能轻一点儿，别把我家的炊烟吹得东倒西斜。因为母亲在炊烟里睡着，她累了，让她多睡一会儿吧，借着炊烟的暖。

　　母亲，今夜我们梦中相见。

一只天鹅的蓝色眼泪

今夜，俄罗斯的月亮真凉；用诗歌的扫帚打扫过的这片天空真凉；那双忧郁的眼睛真凉；那双眼睛看到的前面的路真凉。

因为绝望，他的美丽如同鲜血。最后的乐曲响起，叶赛宁，最后一只舞蹈在乡间的天鹅，临终的吟唱让俄罗斯更加寒冷。

叶赛宁用一生在舞蹈。他的左脚陷进火热的城市，右脚陷进潮湿的乡村。最后一只天鹅，滴着蓝色的眼泪。

精疲力竭的天鹅啄着过往的记忆，他想起拉伊赫，想起邓肯，想起托尔斯泰的孙女，想起加琳娜。

他与拉伊赫的舞蹈是与一株小花的舞蹈。深沉、典雅，隐匿着淡淡的忧伤。他们通过一段热恋后成婚，婚后感情也很融洽，但也许是青春气盛，在几次口角后两人草率离婚，后拉伊赫改嫁他人。但在短暂的风暴过后的沉思默想中，叶赛宁总对自己最初的恋人怀念不已。诗集《小花集》就是献给拉伊赫的，诗人在这部诗集中表现了自己深情的呼唤和绵绵不绝的爱恋之情。

他与邓肯的舞蹈是两只天鹅的舞蹈。他们相互吸引，同时燃烧着自己。邓肯那极其忘我的表演使他忘记了舞蹈的本来内涵，只顾去倾听那个只属于她自己灵魂饱受煎熬的故事。邓肯用形体舞蹈，叶赛宁用诗句舞蹈，两个美好的人，在阳光里，在月光

132

下，在雪地，在床上，无时无刻不在相拥而舞。他们飞翔，在梦的上方，他们燃烧，将自己裹在激情里。那是两只高傲的天鹅，彼此相爱又相互伤害。

他与托尔斯泰的孙女的舞蹈是与命运的舞蹈。他在命运的旋涡里不停地旋转、旋转，1925年9月的婚礼，犹如一场不祥的风暴，席卷了他的整个身心。仅仅三个月，他就带着这个无法挽回的错误，悄然停止了自己的舞蹈，而那些诗句，仍在不息地跳动。

他与加琳娜的舞蹈是与风的舞蹈。不管他充满激情还是精疲力竭，风都在他身边，贴着他的灵魂浅唱低吟。加琳娜是一把紫色的梳子，梳理着人世间对他的赞美和诅咒，梳理着他的羽毛、他的诗句，让他在绝望中衔住一根稻草。

拉伊赫，邓肯，托尔斯泰的孙女，一个个离他而去，只有加琳娜，这月亮一样的女子，回到他寂冷的身边，去热爱他已滴尽了鲜血的尸体。

"人世间，死不算什么新鲜事，可活着，也并不更为新鲜。"诗人的笔在这里停止了哭泣。叶赛宁只是一个孱弱的诗人，一只舞蹈的天鹅，他妄想用真实抵御这个世界铺天盖地的谎言；妄想用柔情缠绕这个世界的冷酷；妄想用爱意化解这个世界的刀光剑影，可到头来他只能精疲力竭地流尽他最后一滴血，这最后一滴血，变成了"一滴永远不干的蓝色的眼泪，残留在俄罗斯母亲的脸上"。

在秋天里想想春天的事

那个秋天，我身心俱疲。一种无法言说的疲惫如影相随，像永远在路上的挑夫，累了，就把生活的扁担从左肩换到右肩，再从右肩换到左肩，如此反复，永无止境，像西西弗斯和他巨大的石块。

感情的罐子已经开始漏水。每夜醒来，望着身边空空的床，忧伤便会如涨潮的海水淹没我。没有日光灯的照耀，我的黑暗连同对未来的忧虑一起来临。但我并未就此沉沦，我知道，每天早上，我依然会有一个如蛋黄般令人垂涎欲滴的太阳可以期待。

一些人总是要来的，带着爱情和光明，将你的生活布置得犹如一个个节日，狂欢着真心相对的快乐；一些人总是要走的，留下叹息和眼泪在你身后，你的世界升起夜色，无边的幽怨冲击着你孤单的脆弱。

一些时间用来享受；一些时间用来对抗；一些时间用来沉默；一些时间用来等候。

每到秋天，人的烦恼就会多起来，这个时候，应该想想春天，回忆一下春天里都发生了什么，这样心情会好些。在生活混乱不堪的时候，回忆总是见缝插针，给我一些难得的慰藉，虽说经历了时间的一次次洗礼，却始终没有被愁绪的洪流冲走。

回忆，即便是绳子，也是用来攀爬的，而不是束缚。

记得有人说过当人开始回忆的时候他就老了。的确，我认为自己是老了，一种缺乏朝气的老去。于是这种老去让我开始一百年一百年地孤独着。这种孤独庞大而具有爆发力，似乎挡住了一切幸福快乐的来路。但是你们错了，正是因为回忆，我得以活着。

那时候，每天握着爱人的手，微笑着穿过人群；那时候，牵手走过的每一条道路都春光无限；那时候，肯花钱去向司机买来五分钟，为爱人去山上采来一簇簇迎春花；那时候，欢笑在左，幸福在右；那时候，我们在尘世的沙滩上掀起了幸福的风暴……

在回忆中，我找到了失去许久的快乐。也领悟到，只有那些逝去的东西才会让人生更显得珍贵。

上帝会把我们身边最好的东西拿走，以提醒我们得到的太多。

人生就是这样，要让自己在秋天快乐起来，就要想想春天的事，免得被秋天的天气给感染了。我们不停地扔掉一些东西，不停地保留一些东西。生命中总有属于你的东西渐渐沉淀，你不必叹息或耿耿于怀，因为那些都是必将要发生的。正因为生命中有那么多的不完美，才更使得我们的人生真实可爱。

香港诗人何达写过一首诗，叫《快乐的思想》，他说：
"做每一件事情，
都给它一个快乐的思想，
就像把一盏盏灯点亮。
砍柴的时候，
想着的是火的诞生；
锄草的时候，
想着的是丰收在望；

与你同行，

想着我们有共同的理想；

跟你分手，

想着会师时候的狂欢。"

每个人都会经历人生的秋天，经历严寒将至时的那一段时光，自古文人多悲秋，不怪文人们酸，秋天就是那么一个让人不停地怀念的季节，可能是一个不经意的下午，那么多那么多的人和事就冒出来了，让你猝不及防。一枚简单的落叶都有可能击中你，让你消沉，一只死去的蝴蝶也会让你黯然神伤，一段戛然而止的爱情更有可能让你无法释怀。那么，在秋天里就想想春天的事吧。那时你会发现，秋天的这一切，不过是整个人生盛宴中一道简单的水果拼盘罢了，有点酸，却也爽口。

在秋天的窗子里，我放了一支属于春天的曲子，它撩动空气，轻挑神经，点到为止。我已经老去，不再需要海誓山盟，却需要深入骨髓的感情，不求轰轰烈烈，只求相依相伴。我已经老去，我需要用回忆来填充生命中的一些空缺，仅仅是为了缝补自己的不完美。

秋就秋吧，谁又敢断言，那些落叶在我们脚下堆积出的，不是温暖的地毯呢？

最后一袭窗帘

　　整个白天的化装舞会结束了，结束在那个白色灯笼挂起的时候。

　　人们累了，身心俱疲的时候想到了家，家是上帝为他们留下的最后一扇窗子。

　　那个不胜凄寒的白色灯笼在空中被尘世的眼睛点亮，又有一些人对着它流着相同的泪，又有一些人对着它说着五花八门的誓言。

　　真正的誓言绣在幸福的翅膀上，幸福长着翅膀，因为它永不停息地飞。

　　我走进秋天找它，它却在秋的留言簿上写下"我远游去了"，我又翻开春天，春天的扉页上又印满它娟秀的笔迹——

　　我还债去了。

　　剩下我孤独地寻找，甚至，没留下一根可以依靠的木棍，让我点燃，当作慰藉的火把。

　　雨掺杂着雪，落在这个深秋的黄昏。骑着破旧的车子，穿行在灯红酒绿的城市，我只想把手中的篮子装得满满，我要让小小的女儿永远感觉到我的富有，我像变戏法一样地从这个口袋里掏出几颗花生，再从那个口袋里掏出几粒糖块。

　　我要把篮子装得满满，装上布娃娃、星星和月亮，装上卡通车、面包和巧克力，装上一千零一个童话……可是今天，雨掺杂着雪，我颤抖着从城市中穿过，我空手而归，小小的女儿，你一定会哭着翻遍爸爸所有的口袋，可是爸爸的口袋里，只揣回一张潮湿的下岗通知……

　　我不能让妻子和女儿感觉到温暖的屋顶就要透进冷冷的风，我要让小小的女儿始终感觉到我的富有。可是那一夜我真的喝醉了，原以为梦是最后一袭窗帘，躲进去就听不见风看不见雨了，但在梦里依然被自己的哭泣惊醒，妻坐在身旁，穿着单薄的外套，把温情一匙一匙地注进我的心田。

　　我依然推着破旧的车子早出晚归，寻找活计，我的篮子总是空空的，只有那些童话，依然生生不息地眨着眼睛，为了我的女儿，为了我的明天。

　　人生总有许许多多意想不到的事，它们像躲在暗处的子弹，总是冷不防地将你击倒。

　　妻在屋里唤我，我们在屏幕前为刘欢的那首《从头再来》激动不已：

　　……

　　我不能随波浮沉

　　为了我挚爱的亲人

　　再苦再累也要坚强

　　只为那些期待眼神

　　……

　　妻的眼泪不易觉察，悄悄地滑到衣襟上。

　　妻说，就算前面所有的门都关上了，上帝总还会偷偷地留一扇窗子给我们。那天夜里，妻单薄的身子却守住了风雪中战栗的幸福。

如果命运肯与我下盘棋的话，我会坚守到最后，我想我再不会弃子认输，即使我没有花园，没有春天，但我还有梦，还有这最后一袭温暖的窗帘。

妻用那些善良而无奈的谎言哄着女儿睡觉，女儿在梦中露出了甜甜的笑容。在妻拉上窗帘的时候，我猛然领悟，梦是最后一袭窗帘，而妻就是守护这些梦的天使。她一根一根地往炉子里扔着柴火，用真爱焐热了这个家。家是个18平方米的家，家是用白色栅栏围成的家，妻常常开玩笑说："瞧，我们的家像一张美丽的邮票。"

三毛说，家就是一个人拧亮了灯在等你。那么幸福就是从拧亮那盏灯时诞生的，那盏莹莹的灯，替代着太阳，夜以继日地为我们灌输着爱的血液。让我相信，用白色栅栏围成的家，用红红的火焰焐热的家，永远在梦的这边，不在那边。

就在妻一转身的时候，幸福合上了翅膀，悄悄伏在我们的窗台上……

寒 露

　　该来的总要来的，你躲不过。比如露。深秋的露，再也喂不饱一只蝉。

——寒露

安顿灵魂的月光

　　曾经和一个朋友聊起过这样一个话题：读一些纯文学作品的意义是什么？

　　朋友的话我很赞同，他说是为了安顿自己。

　　他说，时下里资讯丰富，纯文学被挤到角落里苟延残喘。人们习惯了快餐文学花边新闻，肚皮饱了，眼睛亮了，灵魂却饿着。

　　现在的人，太需要用一些东西来安顿自己，比如，读一首诗，听一段曲，鉴一幅画，品一杯茶……

　　安顿自己，就是给灵魂沏一壶上好的龙井，慢慢地滋养，使之得以安然自在。

对于握在手里的东西，我们总是太急于将它捣碎，塞进陶罐里。以为这样才是拥有，以为这样才是牢固、永久。世人总是喜欢红，迫不及待地要跨过绿，殊不知，红之后，叶子会很快和枝丫挥手，会很快枯落，人生便有了飘零和诀别。

杨绛先生说过："一个人不想攀高就不怕下跌，也不用倾轧排挤，可以保其天真，成其自然，潜心一志完成自己能做的事。"是啊，无心插柳柳成荫，耸入云霄的大厦不是浑然天成，而是一块砖一块砖垒出来的。

不要给一颗心裹上坚硬的外壳，不要给它套上牢笼，要空空荡荡，要荒芜，要试着在今天从心开始，刀耕火种。

阎连科写楼道，一个退休的局长家门前再无各种豪华礼盒，一下子变得寂寥而空荡，便偷偷把别人家门前的茅台酒箱之类的东西搬到自己家门前来，"像摘来许多钻石镶在了自家门前般"。那身体虽然退了休，灵魂还没有安顿下来。

常常在深夜看见酒醉的人，哼着忧伤的歌儿，趔趄着，扶着月光。他们买了最昂贵的醉，却依然无法，安顿灵魂。

最和美的夫妻，应该是天亮时相视一笑，临睡前互道晚安。而晚安，我更愿意解释为：天色已晚，请安顿身心。

我喜欢旅行。不是逃避，不是艳遇，不是放松心情，更不是炫耀，而是为了洗一洗身体和灵魂，给自己换一种眼光，甚至是一种生活方式。记得有人说过：旅行最大的好处，不是能见到多少人，见过多美的风景，而是走着走着，在一个际遇下，突然重新认识了自己。

一叶孤舟，一抹夕阳，一支撑杆，一曲渔歌，一江暖水，一世人间。此情此景，如此美丽，叫人不得不感慨，看到这样的景色，此生足矣。

真正的美景，不是让你尖叫，而是让你平静。生命中需要更多的美，让我们的灵魂平静。

周国平说："老天给了每个人一条命，一颗心，把命照看好，把心安顿好，人生即是圆满。"

我不是诗人，我只是在帮那些寒冷的字絮一个暖暖的窝。

我不是诗人，我只是在帮那些流浪的字找一个安静的家。

我要安顿那些字，安顿流浪的脚印，安顿灵魂的月光。

就这样，晚安！

把眼泪和风串到一起

我愿意把眼泪和风串到一起，做一串告别青春的风铃。

绿色还在，而绿意远了；燕巢还在，而燕子远了；竖琴还在，而琴声远了；昨日触手微温的酒杯还在，而朋友却已在千山之外。

风比昨天更像一只手掌，轻轻抚过所有亲人的脸，接住那些泪滴，不让它们摔疼了。

一个接一个飞走的明天，就像烤熟的鸭子，逗引出我们的涎水，却又无法让我们吃到嘴里。在时光的滑梯上，你且站稳。四个永远跑不到一块儿的季节，分别从你的口袋里，偷走了你不一样的光阴。

那些青春里的小悲伤啊，宛如时光长河里的一只只小蝌蚪，游成一排，串成音符，整齐划一地唱着成长的疼痛的歌谣。

无意间，你看到镜子里的自己，如同一棵向日葵，饱满的脸上，开始结满爱情的籽。

夜深的时候，一个正在读大学的网友在线上给我留言，他说他现在很矛盾，他暗自喜欢的一个女同学却喜欢上了别的男孩子。他问我，他该何去何从？

他说他是个坚强的人，永远不会在女孩子面前流眼泪，即便流，也是在心底默默地流。而那个男孩却完全相反，总是在女孩子面前掉眼泪，他想不明白，为什么女孩子会喜欢那样软弱的一个男孩子呢？

我告诉他，女孩子有时候是心疼流眼泪的男孩的，因为她们心底有母性。她是一个被眼泪俘虏了的女孩。但是怜悯拯救不了一个男人，只会让他更加可怜。年轻的爱，有时是很软弱的。你看那一丝细叶，承不住一滴晨露；你看那一朵只开几天的玫瑰，代表不了心的永不辜负。一个小小而单薄的生命，又能担起怎样的现实和深刻？

我告诉他，如果，你喜欢的人不喜欢你，那么就算全世界的人都喜欢你，你还是觉得很孤独吧。那么，就用你自己的方式去爱她吧。爱情毕竟不是简单的情爱。有时候，大胆和开放并不是获取爱情的唯一方式。相反，含蓄和委婉，恰恰是美好爱情最好的注释。

敞开胸怀去爱吧，不要计较那么多。被一个人爱是幸福的，爱一个人也是幸福的。这份爱或许并不需要一个结果，被感动的，是爱与被爱的过程。当岁月划过脸上的皱纹，我们或许会忘记那个人的脸庞，会忘记那个人的声音，甚至会忘记那个人的名字。唯一丢弃不掉的，是那份曾经爱过的心和那份年少时的悸动。

想起年少时光，每次回家都要经过一个小巷子，碰上下雨天，道儿就很难走。有一段坑坑洼洼的地方就会蓄满水，如果走着过来就会把鞋浸湿。我对坐在我后座上的女友喊道，坐好啦，要加速啦。说着，我就如离弦的箭一般冲了出去，我真佩服自己在爱情中爆发出的力量。再回头一看，后座空空，女友被甩落在泥水洼里，正在那里笑得前仰后合呢！

如此辛酸，如此尴尬，却没有一丝怨怼，这是青春里的宽容。

我们坚持的爱情信条是，笑比哭好。我们无数次地分手，又无数次地和好如初，每一次分手都以零星的眼泪开始，又以纷繁的笑声作结。

无数次的背靠背，无数次的手拉手，最终造就了我们爱情的坚忍不拔。

年轻的爱情总是这样免不了太多的争吵，就像两块棱角分明的石子，互相爱着，却又彼此伤害，时间久了，他和她才能在婚姻的蚌里磨砺出爱的珍珠。青春的爱情之绳是尼龙绳，几次眼泪的浸泡，几番阳光的风化，就会令它折断。慢慢地，青春消逝，我们也就会将之扔掉。中年人的爱情就变成了结实一些的麻绳，再后来，老年人相互依赖着的爱情，就成了牢不可断的钢丝绳。

青春就是疯狂地奔跑，华丽地跌倒。跌过多少跤都不会太过伤感，因为我们还有可以挥霍的青春，还有足够的时间，可以从容地在生活的稿纸上，遣词造句。悲剧常常让人感动，泪水是神赐给人的礼物，落下的每一滴都该有它的理由。

而爱，更是一种古老的智慧。

那个夜里，我告诉那个伤感的男孩儿，去吧，找一个呼啸的风口，把你的眼泪流出来，把你的疼痛释放，把你的眼泪和风串到一起。

把眼泪和风串到一起，眼泪会慢慢风干，风会很快将你的心治愈，给你的心腾出一棵树成长的空间，腾出一只鸟欢唱的时光。

出生前的那片海

"雷蒙，你为什么总是微笑？"有人问。

"当你得完全依赖别人才能生活下去，你就一定要微笑。"这是雷蒙的回答。

这是电影《深海长眠》里的一段对白。我想对于一个从脖子以下高位截瘫二十多年的人来说，他的意思是既然活着，那么微笑就是你最好的选择。但是他并不想活着，他一心想的是死亡。

作为健全的人，我们其实永远无法真正体会那些身有残障的人的感受。我们看到许多"身残志坚"的人，比如霍金，比如张海迪，他们的成就让我们敬佩，让我们自惭形秽。但是他们对生命的体验我们能了解吗？

生活困顿的邻居罗萨、身有残疾的漂亮女律师朱丽娅，他们本来都想去帮助雷蒙，但他们渐渐发现他们自己才是需要帮助和被帮助的人，她们都爱上雷蒙。因为他的心灵比她们都透亮。这种透亮不是一般意义上的"身残志坚"，那是一种对死亡的深切了解。

在我家附近，有个靠捡垃圾活着的精神病人，每天穿着一身脏兮兮的破烂衣衫，无所顾忌地招摇过市。

他和别的精神病人有些不一样，他不像他们那样口中总是念

念有词、神情举止异常怪异。他很安静，有时候甚至安静得像个做了错事的孩子，蹲在地上，静静地望着每一个从他身旁路过的人。

他对每个人都保持着羞赧的微笑，好像每一个人都是他的朋友一样。淘气的孩子们捉弄他的时候，大人们放宠物狗追他的时候，他也是开心的，他认为那是他们在和他玩耍。

他没有明天，他只能活在今天。冬天将至，他单薄的衣衫开始无法抵御渐渐袭来的风寒了，但他丝毫没有为自己的窘境担心，依然没有改变的，还是他脸上的微笑。

他用微笑应对着他多舛的命运。

那是一个黄昏，夕阳鲜血一样灿烂，他安静地坐在地上，对着夕阳发呆。他就那样孤独地坐着，风将他的长发吹得更加凌乱，那一刻，我看到他除了微笑，还有一双忧郁的迷人的眼睛，让人爱怜。

那是一幅很美的画面。

第二天早上，人们发现他已经死去。脸上带着微笑，夕阳将他的心完完全全地收留了。

我不知道他在那一刻心里想着什么，为什么会带着微笑离去。他已经是一个没有思想的人了，怎么仍然会那样着迷灿烂的夕阳呢？或许是他感受到了将要到来的死亡吧，没有恐惧，相反，却感受到它异常的美丽，像夕阳，闪耀出最灿烂的光华后，归入沉寂。

那是他无法表达出来的夕阳的美：宁静、深邃和生生不息。

《深海长眠》中有个镜头反复出现：雷蒙年轻时跳水伤到颈椎，身体瞬间失去知觉，但他睁着眼睛漂在水中，一脸平静……我想那一刻他肯定"看到"了死亡，如此静谧，如此安详，他甚至不想从"那里"回来。于是此后的二十多年他只想"回去"，回到他出生前的那一片微笑的海洋。

死不是可怕的事情，但在回到出生前的那片海域之前，你一定要认认真真地去度过你生命中的分分秒秒，因为那分分秒秒的生命最终将会化作海面上那些幸福的泡沫，飘舞在你的灵魂旁边，帮你唤醒那些沉睡的花朵。

微笑着去度过你生命中的分分秒秒吧，尽管活着是那么沉重，而死亡如此轻灵。

风不能拯救叶子

　　风不能拯救叶子，却可以不至于让她摔得更疼；风阻止不了时间，却可以推迟那场离别的晚宴。

　　之前，我的梦一直是暖的，因为有母亲在。后来，我的梦变成冷的，因为母亲的离去。自从母亲走后，我每天都是开着灯睡觉。因为，怕自己掉进那个黑色的梦里，出不来。

　　那个凌晨，母亲在一个小小的翻身后，悄无声息地走了。我掀开了母亲白色的盖头。我想，女人的一生都会有两个盖头吧，一个是红色的，一个是白色的。

　　我探母亲的额头，一如小时候我生病时母亲探我的额头。却只剩下冰冷……我知道，母亲真的走了。

　　整理母亲遗物的时候，看到她将我小学的成绩单都保存得如此完好……

　　父亲，现在更瘦了。捧在手心心疼了四十多年的女人，就这样离开了。现在，我每天照旧给家里打电话，和父亲话家常，只为了分解一下父亲的哀伤。现在，我看到孩子会发呆，看到抱着孩子的女人会发呆，看到相互扶持着的一对老人会发呆。母亲的突然离开，使我心里有了洞，却让我学会了珍惜。

　　知道母亲患肺癌晚期的消息，是在一个晴朗的夏日。一切都毫无征兆，我们的日子紧张有序，完好无损，谁也不会想到，一个巨大的缺口正在慢慢撕扯我们的幸福。

听说一个地方医院在治疗肺癌方面很有名气，而且在我们当地有好几个鲜活的实例，我们便决定去那里给母亲看病。父亲一辈子没出过远门，我们第一次领母亲看病的时候，他便很细心地留意每一个地方，用一个本子记录下每一个站的站名，生怕下次再来的时候迷了路。看病的人太多，那次光挂号就排了五天，等得我们心急如焚。领了药，吃了一个疗程，母亲的脸色好了许多，精神状态很不错，全家人看到了希望。第二次去领药，父亲自告奋勇要自己去，因为我们忙着各自的工作，就同意了，只是有些替他担心。结果他三天就回来了，他说他一直站在挂号窗那里，站了整整一天，结果医生被感动了，破例让他夹了个"楔子"。他还说，来来回回的路上，一刻都没有耽误，甚至没吃一点东西，自然也没去过厕所，我们愕然，慨叹爱的力量。

平日里有说有笑的母亲突然变得沉默寡言，邻居们自然知悉原委。她们一夜之间组织了一个秧歌队，非要让母亲来当队长，母亲欣然应允。我们还给她买了红红绿绿的秧歌服和花扇子，母亲像个花蝴蝶一样，每天按时去扭秧歌，丝毫不像个大病的人。医生说，母亲是同类病人中的一个奇迹。

但母亲最终还是倒下了。在病床上，母亲不停地念叨着哥哥的名字。

从十五岁便离家出走的哥哥是母亲心头挥之不去的伤痛，那一年的深秋，树上的叶子快要落尽了，哥哥闯了大祸，把人打成重伤。在挨了母亲一顿暴打之后，离开了家。哥哥说他的世界在外面，毅然决然地跳上一辆火车，没有再回过头来，仿佛与这个家产生了仇恨一般。

母亲的心跟着就受潮了，没有再干爽过来，尽管她常常坐在墙根底下晒太阳。

母亲在所剩不多的时日里，牵挂最多的就是哥哥，她希望能再见哥哥一面。

这些年里，我只在两年前收到过哥哥寄来的一封信和为我邮来的大学学费，我找到那封信，连夜赶往那座城市。我想即便是人海茫茫，我也要为母亲找到这根深深刺痛母亲的针，让这根针穿上线，缝补母亲的伤口。我在当地的报社和电台连续几天登了寻人启事，老天不负有心人，哥哥终于看到了寻人启事，来旅店找到了我。哥哥说他正好打算要回家呢，这几天心里就一直不得劲，总感觉发生了什么。看来，他和母亲的心还是紧紧相连的。

哥哥在病床前握着母亲的手，哥哥说他再也不离开她半步。

我的妻子，一个时尚的知识女性，不知多少次骄傲地告诉别人，她不相信这个世界有神明。邻居周嫂多少次苦口婆心鼓动她去信主，她总是不为所动，她明亮的眼睛始终闪烁着清澈。但是现在，她皈依了基督，时常和周嫂一起在教堂祷告。她眼睛里依然闪烁着安宁和眼泪，她祈祷我的母亲早日康复。

风不能拯救叶子，正如我们，不能拯救母亲。

我们都是风，无法阻止叶子的掉落。但我们是那样深深地爱着叶子。风什么也不能做，只能在叶子落地的时候，轻轻地问一句：叶子，你摔疼了吗？

磨盘是故乡的一颗痣

　　磨盘，是故乡的一颗痣，让漂泊在外的游子，日夜挂牵。

　　傍晚，在电脑上和几千里地以外的父亲视频，唠着家常。忽然对父亲说："用手机拍一下咱家那个磨盘，给我传过来，我想看看它。"父亲充满怨怼地说："浑小子，这么多活物你不稀罕，却稀罕个不会说话的石头。"

　　是的，我稀罕那块石头。有一次在梦里，我光着脚，站在那磨盘上，大声朗诵着自己的诗歌。我把那磨盘当成我的听者，把那呼啸而过的风当成掌声，我像一尊雕塑，伟岸而悲怆，眼里满含泪水。所以，一直想，用那个磨盘做背景，拍一幅照片，我知道，我脸上的皱纹，已经可以和那些斜着的磨齿匹配。

　　和我不一样，磨盘的皱纹与生俱来。它一出生就老了，它没有童年。这算是它的不幸吧。不过，它却可以比我永恒，这又是它的幸运。

　　小时候，父母大声喊我们回家，不外乎两件事，一件是回家吃饭，一件是回家拉磨；一件令我们兴冲冲地回，一件令我们灰溜溜地归。还好我们兄妹四人，可以轮流着拉磨，我们几个讲好，二十圈一换人。咬着牙，一圈一圈地数，等累得眼冒金星的时候，总算有人接替，松口气，过一会儿，还要接着来。磨盘，

因为闻到了新鲜豆子的味道而生机勃勃起来，吱吱呀呀仿佛哼起了老掉牙的歌儿。

磨了大半夜，总算把一袋豆子磨完了。我们去睡觉，父亲和母亲却要接着挑灯夜战，把磨出来的豆汁再做成豆腐，早晨去卖掉。

后来买了驴，我们总算解放了。驴子被蒙上眼睛，套上枷锁，围着磨盘开始转圈，我总在想，驴子这一生要围着磨盘走多少圈呢？它自己会不会也在数自己走了多少圈呢？数了又能怎么样，没有另一头驴子可以替换它，永无休止的劳作就是它的命运。

磨盘，曾是我们最简朴的桌子。盛夏的夜里，我点着煤油灯，在那上面写过作业，众多的飞蛾绕着那微弱的灯飞个不停。月亮像块发霉的干粮，却也不妨碍我幻想着一口咬下去。

我在那上面磨过铅笔尖儿，砸过核桃，一家人围坐在那里吃饭，就着没有消散的豆汁的香味。

闲暇时，父亲与老哥们儿在那上面下棋，父亲的棋艺不敢恭维，基本属于"臭棋篓子"的范畴，气势上却总是压人一等，把个象棋子摔得啪啪作响。我和小伙伴们也常常在那上面打扑克，激战正酣的时候，母亲总是不合时宜地走过来，像撵鸭子一样地撵走我们，拿出一把菜刀在上面磨来蹭去。

磨盘，经年累月守在那里，吸纳阳光也吸纳着月色，承接雨露也承接着雪花，无声地铭刻着村庄的历史。

如今，村庄里很少能再寻见磨盘了。如今的乡村也有了成排的楼房，有了健身的广场，乡村仿佛一个质朴的女子做了美容一般，顷刻间妖娆了起来。

乡村变漂亮了，可是磨盘，那颗最美的美人痣，却也因做了美容而一并给做了去，不见踪影。

魏明伦写过一篇《磨盘赋》，文辞诙谐，用意深远，非常喜欢，忍不住辑录一段："磨盘推日月，磨道绕春秋。春种夏长，秋收冬藏。愿仓廪积粮成山，守磨房挥汗成雨。稻麦磨成白玉屑，包谷磨成黄金沙。青纱高粱，磨成红粉；绿荚大豆，磨成雪浆。北方磨豆汁，南方推豆花。蒸不烂，捶不扁。响当当铜豌豆，铁铮铮石磨盘。天生一对，地配一双。珠落玉盘，耳鬓厮磨。顷刻销魂酥骨，化为软玉温香。碓窝春碎紫八角，磨盘改造黑五类。乌豆乌丝粉，黑米黑馒头。白案技巧，水磨功夫。削面挥刀即削，燃面点火欲燃。御厨蒸饺，乡炊麦粑，中秋月饼，春节年糕。古人之主食，多从石磨而出；前人之营养，半与石磨相关。磨盘腹中之物，皆可磨碎；而磨盘本身之功，却不可磨灭也！"

磨盘和井一样，是村庄的精神。就像美酒是粮食的精神，金子是矿石的精神。而我更愿意把它看成是一颗痣，长在思乡人的心上，永远不能剔除。

磨盘，故乡的一颗痣。一颗令人魂牵梦萦的美人痣！

为爱奔跑的毛线

那时，每个秋天的街头巷尾，都会看到一个或几个女人搂着一团毛线，飞针走线。除了惊异她们技术的娴熟，更有一种莫名的感动。有时候，倘若有某个男人试穿他的女人给编织的毛衣这样的镜头撞进我的视线，我便会很贪婪地看着，非常渴望自己就是那个被多情的好女人在身上不停比画着的男人。

所以，每次有人给我介绍对象时，我首先问的就是那个女孩会不会织毛衣。

终于，上天厚待我，让我找到了会织毛衣的她。那一年的情人节，她送了我一件毛衣，一件她亲手织就的毛衣，她用玫瑰一般的红色在毛衣的袖口和领口上绣了一圈字母，好看而且绝对精致，那些全是她和我的名字的拼音缩写。

看着那些漂亮的花纹，伸手一摸，是无比的温柔和她细密的心意。我心生感动，不只为她的心灵手巧，更是为她那美丽的心思。

那晚，我坚持将毛衣放在枕边，以便睡醒时，便可以在第一时间看到它，在一伸手的距离内触摸它。那一天刚好是冷空气，临睡前，我一遍又一遍地抚摩那毛茸茸的表面，感受那温柔的触感，心底源源不断地升起一股暖意，冷空气仿佛都已远离。

155

第二天，我欣喜而又小心地穿上了这件她亲手织的毛衣。柔软的毛线温暖地包裹着我的身躯，一种无法言喻的奇妙感觉。穿着它去上班，一路上，感觉阳光也变得格外温暖，城市也变得格外可爱……坐在办公室里，清闲下来的时候，我总会一遍又一遍地抚摩袖口那些温暖的拼音字母，想象着两个人在一起的幸福未来，心好像被温柔地缠绕着。

秋天里的几个女人坐在一起，一边说着自己的男人一边织着毛衣，把正午的阳光织成一片火海。那是多年前的小镇给我的很温暖的一个景象。

那时的女人不打麻将，也不与男人们争创事业，她们所有的心思都在家人身上，而她们最为朴素的表达方式就是在冬天来临之前，为心爱的人织一件毛衣。

她们手中的毛线大多都是极其鲜艳的，是阳光的色彩，丰收的色彩。一团团鲜艳的毛线被装上双脚，不停地在女人的胸前奔跑，像一只只痴情的火狐，精疲力竭地追逐着生命中的至爱。

我这一辈子穿过三个女人织的毛衣，那三个女人便是母亲、姐姐和妻子。所有的毛线只有一个牌子：温暖。但在三个女人手里织出的却是不同的感受：母亲的毛线里缠绕着呵护与慈祥，姐姐的毛线里缠绕着叮咛与牵挂，妻子的毛线里缠绕着宽容与柔情。

我想，每一个能够用心编织毛衣的女人，都会有一个非常温暖的家，有一个她全心爱恋的男人，她必定是一个充满深情的母亲，是一个贤淑的妻子，是一个纯粹的女人，是一个能够珍爱生活珍爱她生活中与自己紧紧相连的生命的好女人，我祝福她们，也祝福生活在她们用爱编织的温馨的世界里的老人、孩子、男人和女人。

祝福所有的人，都有幸来领略，那奔跑的毛线所给你的最温柔的缠绕。

156

乡愁的二次方

生活，从没有像今天这般盛气凌人，高高在上，向我发号各种施令。

它对一颗心说，妥协吧。执拗的心，却宁愿被割出血来，也不肯停止奔波。

我仿佛是一只被这座城市豢养的兽，逃不出牢笼。可是一颗心不愿听凭生活的摆布，将自己典当给钢筋水泥的丛林。一颗心，总是朝着故里的方向，马不停蹄。月亮挂在人间的肩膀上，一盏最高处的灯笼，引着我回家。

一片、两片、三片……我看到有孩子在路灯下数着雪花。雪花越数越多。有人把雪花当成精神的药片，有人把雪花当成灵魂的抹布。我把雪花当成我的乡愁，一片、两片、三片……我数起了乡愁，乡愁越数越多。

浓烈的酒精又一次将我麻醉，我跌跌撞撞，与弥散开来的乡愁抱个满怀。心里，便埋入了乡愁的二次方。

有人打着赤脚，走过故乡的泥塘，妄图获取几条意料之外的鱼；有人挖空心思在找，可以永远盛满饭的碗，以前叫铁饭碗，现在叫金饭碗，其实啊，生活就是一只大海碗，里面永远一并装着快乐与艰辛；有人拼了毕生的心力，不过是拆了东墙补西墙；

有人飞翔，有人坠落，有人奔跑，有人漫步……

季节给了我再高的天空，我也飞不出最初的湛蓝。口袋里的钱多了，心却不再那么丰盈。一览众山小的喜，终是抵不过远离大地的悲。

心若没地方安置，再好的日子，都是一种漂泊。

今夜，一杯粗茶，不知能否沏开人到中年的落寞？

我不怕衰老，这是命之所归。我甚至有些盼着自己，老到痴呆的那一天，会急迫地去做一件事——将那嘀嗒作响的时钟上的时针往回拨。就像儿时，盼着父母下班，将它往前拨一样。

那样，是不是就可以让时光倒退，可以重新怀揣着我们最初的美好愿望；可以让玫瑰重新再开；可以让夜把天空退还给白天；可以让刚刚准备冬眠的物种们掀掉被子；可以让母亲重新清晰地看到这个世界。

那样，是不是就可以跟在母亲的脚印后面，将整个尘世踏个洁白。

是不是，还可以，称呼那些缠绵的过往，亲爱的。因为纠缠不清的往事，都是我的亲人。生命中总有那一小段光阴，会成为你日后的某一根肋骨。时而会疼痛，提醒你记起。

父母省吃俭用扯了很多花布，可是儿女们却再也不穿那种小棉袄；不小心摔碎外婆最珍爱的一个青花瓷碗，却狡猾地嫁祸于猫。猫得到了鸡毛掸子的追打，委屈使它的眼睛变得更蓝；父亲跺跺脚，身上的雪落下来，心上的雪却又堆积了一层——因为没有讨到工钱，年货还没有着落；母亲总是宁愿躲在黑暗里，也不开灯。她省下的电费，我没算过到底能有多少钱；放学回家的小小人儿，仿佛胸中永远藏着快乐的鸟，一唱起来就没完没了；祖母还是那么多话，风烛残年的老人，如果她沉默，证明她正在接

受离别。如果她唠叨个没完，证明她一如既往地眷恋……

最近的梦里，总能看见失明的母亲，扶着一面墙，摸索着艰难行走。即便无法再看见任何事物，却还是那样干干净净。背是驼的，步履也是蹒跚的。而我，却再也不能领她回家。

"母亲，你躲在我的血液里，是否温暖。我看你游来游去，伸出手，却触不到你。"（李庄诗）

今夜，提一盏什么样的灯，才能够重新照亮我们的年华。故乡，要在内心积攒多少白月光，才能铺一条通往你的银色的路啊。

今夜，风在天涯写信给过往的尘埃，今夜，我在写诗给心心相念的故乡：

故乡，走的时候，

忘记了吻一下你的额头。

回来的时候，

我要重重地，给你磕头。

故乡，一别经年，

我仍旧是热的啊，

我是你的孩子，

我永远在你温暖的襁褓……

故乡，为你写的每一首诗都是热的。你看啊？心若一动漫山遍野的桃花就红了……

故乡，我是你忘关的水龙头，汇成小溪，汇成河，汇成大海。

今夜，唯有把故乡的炊烟捻成一绺儿，缠绕到手指，做一枚乡愁的戒指，方可令一颗心望梅止渴，稍稍安宁。

故乡，你欠我一个大大的拥抱。

故乡，我欠你一串回家的脚印！

心有牵挂，爱才会扎根

小时候，喜欢玩捉迷藏的游戏，藏到一个很隐蔽的地方，自以为得意。小伙伴们找不到我，就放弃了，结束了游戏，而我浑然不知。天黑了，我怕了，找不到回家的路了。

正害怕着，远远就听见母亲在大声唤着我的小名儿，我大声地应着。如同鸟儿归巢般向母亲的方向飞奔而去。

被母亲牵挂着，我不担心自己会走丢。

母亲一辈子朴实，没做过什么出彩的事儿。她太过宠溺我们，所以对我们的学习也抓得不紧，始终是一副听之任之的态度，使我们这几个儿女长大了也都没有做出一点出彩的事情来。要说母亲最值得我们称道的一件事，就是一天三顿饭很是应时，从不糊弄，这为我们的健康构筑了一道屏障。

母亲总是天还没亮就起床为我们做饭，这习惯坚持了一辈子。记忆里只有一次例外，是因为母亲生病发了烧，父亲没让母亲起来做早餐，让她好好休息，结果我没吃饭就去上学了。刚上课没多久我的肚子就咕咕叫了，没办法，也只好忍着。让我没想到的是，第一节课刚下课，我就看见脸色惨白的母亲给我送来了饭盒，母亲还病着，虚弱得很。母亲说她和父亲磨叨了一早晨，惦记我没吃早饭，这一上午得多难受啊！让父亲给我送饭，父亲

不来，说一顿不吃饿不死人的。可是母亲的心一秒都不安生，趁父亲不注意，就偷偷跑来给我送饭。

有母亲的牵挂在，即便饿着，心亦充盈。

成家之后，我住进了城里。母亲在乡下，几乎每天都要打电话来，问一些琐事，牵挂的心就像不灭的灯笼，始终亮着。

母亲说，城里人吃的肉都是打了激素的，城里人吃的菜都不是绿色的。这样下去，迟早会吃坏了身子。母亲不放心，就会时不时地给我们送来一些自己种的菜来。

那些都是没上过化肥的小园菜，母亲让我们放心吃。

我说大老远的你拿那些东西干吗，不嫌累啊。母亲笑着说，不一样的。

能有什么不一样呢？这么多的城里人，天天吃着城里的菜，不也都活得好好的吗？

母亲只是笑，不和我争辩。我把头天买的个头硕大，光鲜可人的蔬菜和母亲拿的菜放到了一起，城里的菜是趾高气扬的，而母亲拿的菜就像乡下来的孩子，低头缩脑，大气不敢出的样子。可是第二天早上就完全变了一番境遇。城里的菜一个个地开始萎靡不振，昨天还粗壮无比的豆芽，如今变得如同牛毛一样细，就像被打回了原形的小妖。原来那点儿肌肉都是用气儿充起来的。而乡下的菜却和昨天一样精神抖擞。

还真是不一样啊！

母亲说，人和这菜有时候也是一个理儿。有些人的精气神儿是装出来的，而有些人的精气神儿是骨子里的。还是多吃点儿乡下的蔬菜好。

母亲的牵挂，就是我生命里的钙和盐、维生素，让我时刻充满了精气神儿。

母亲到了晚年，我们的角色一下子来了个互换，常常走丢的变成了母亲，而寻找的变成了我们这些儿女。

有一次，去公园散步的母亲迟迟没有回家，天已经黑了还是不见踪影。母亲有些老年痴呆的症状，偶尔就会犯病，大脑瞬间短路，什么都记不起来了。大家都很着急，分头去找。可是找了很久都没找到。临近半夜的时候，派出所打来电话，让我们去接母亲。

犯了老年痴呆症的母亲却记住了我的电话号码，让我很是惊讶。

母亲过后说，犯病的时候什么都忘了，可是不知道为什么，当民警问她我的电话号码时，竟然一下子就说出来了。我知道，那是因为母亲给我打的电话次数实在是太多了，那几个数字已经牢牢地印在她的脑海里，即便是痴呆，也无法把它们磨掉。那一串简单的数字，却是母亲深深的牵挂。

小时候，母亲常常对我说，一个人，有了牵挂，就有了根，就不会走丢了。当时我有些不大明白，现在终于体会到了。牵挂是母亲心里最亮的一盏灯。心有牵挂，就永远不会走丢。

心有牵挂，爱才会扎根。

一面墙的皱纹

　　一面墙生了皱纹，是阳光把树的心思画了出来；一朵云生了皱纹，是动了要流泪的心。

　　这个世界有很多墙，一面墙就是一部书，记载着一个个故事。翻墙而过的盗贼，偷走了粮食和珠宝，也偷走了光阴；越过墙头的春心荡漾的红杏，看到外面的景致，是否也有了"城里的想出来，城外的想进去"那样的顿悟；一个少年，在那上面精心地绘制了一张少女的脸，许多少女把那张脸当成了自己，羞红着脸，匆匆而过；有点文艺情结的年轻人，会在上面写上几句让人似懂非懂的诗歌，花里胡哨的几行字；也有孩子，写上几句儿歌，或者一些骂人的话，这里可以抒情，也可以宣泄；月亮也常常借它的身体，藏很多人写给她的爱言情语；也有龌龊的人，喝多了在那里呕吐，尿急了在那里小便，墙不发一语，皱纹却加深了。

　　身在国外多年的阿光在电话里问我，那面墙还在吗？小时候我还在那面墙上写过骂你的话呢。我也笑了，我说我也是。我们曾经彼此咒骂，却做了一辈子要好的朋友。

　　电影《一夜风流》里有一面耶利多哥墙，让男人和女人意乱情迷却又不得不点到为止。哀伤缠绕着两个彼此深爱的人，但最

163

后那面墙终于还是倒塌了，它告诉人们，只要去爱，根本就没有障碍，那时你会发现，貌似强大坚固的墙，不过是一条羊毛毯子而已。

皱纹，在墙上蜿蜒爬行，很少有人知道，那皱纹里珍藏着多少美好的光阴。

两个青梅竹马的爱人，一个在这边，一个在那边，彼此不言语，只是不停地敲着墙，每次都是不多不少的三下。那是彼此在告诉对方：我爱你。

女孩靠着墙，羞赧地微微抬起了头，向对面的男孩献出了她的初吻。那是曾经的美好。老人们常常感叹：可惜了这女人啊，都是因为那负心的男人……

现在她已经变成一个疯女人，总喜欢在那面墙上写信，每次信的开头，都会毫不避讳地写着"亲爱的"，她写信的时候，专心致志的样子让人觉得是正常的人，可是每次写完后，她就会疯起来，因为她要把刚刚写好的信撕掉，她就拼命地抓挠那面墙，直到上面染满鲜血。

一朵火红的玫瑰，影子悬在墙上，有些人认为那是另一朵花儿，有些人觉得那是一块灰褐色的不大不小的伤疤。

墙，是最斑驳的镜子，每个人都曾经在那上面寻找过自己。

老人们蹲在墙根下，用那里的余温聊以度日。家人喊吃饭也不肯回去，告诉小孙子给他捎来一个馒头，就着阳光，也能吃得津津有味。

一头猪偶尔也会过来，靠着墙，蹭蹭它的后背，然后拱拱墙角的一捆烂草，发现没有可以吃的东西，哼哼唧唧失望地走掉。

一只老鼠会从墙根探出头来，趁人们打盹的当口，以迅雷不及掩耳之势飞奔而过。

蚂蚁们也不闲着，在地上捡拾着从老人嘴角掉落的馒头渣。

深秋的时候，墙上面爬满了青藤，也爬满了瓢虫。那为数不多的几日，是它们的盛世，我甚至能感觉到它们的欢歌。这些会爬的扁扁的黄豆粒儿，每一粒儿都文了身。

孩子惶恐地望着它们：是黄豆粒儿成精了吗？

人、猪、老鼠、蚂蚁、瓢虫……自己过自己的，多好，其乐融融，一幅繁荣景象。

墙虽然阻挡了我的视线，但它却是我的翅膀。墙在我窗前投下巨大的阴影，却令我更加热爱仰望阳光。

我在墙的身体上，看到了岁月的斑驳。

模糊的，不堪回首的经年往事，在墙的缝隙里恣意生长。谁能确定，那一根根倔强的草，不是你当初执拗的心呢？谁能确定，那无意间开出的牵牛花，不是流年里你曾经遗落的笑脸呢？

一面墙，尽管生了无数的皱纹，但终究还活着，替我们记录着那一切。可是现在，它就要倒下了。一个"拆"字就是它的天涯，它寿终正寝前的判决书。

作为少男少女的笔记本，它将被撕碎；作为老人的回忆簿，它将被毁掉；作为某段岁月的停靠站，它将被迁移；作为一面镜子，它将要支离破碎。

面对突如其来的劫难，它无力反抗。曾经依偎过它，用它取暖的我们，也是哑口无言。

我唯一关心的是，它倒掉的那一刻，那些皱纹是不是就完全舒展开了呢？

就像我的祖母死去的那一刻，脸上的皱纹消失了，那是一直揪着她的岁月，终于放了手。

祖母活着的时候，很老。死去的时候，很年轻。

一滴露水的疼

我看到，少女身边的一滴滴露水，正在洗刷着通往天堂的一级级台阶。

雨停歇的时候，鸽子回来了。雪白的鸽子在阳光下似乎要一点一点地融化，它倏地飞起，在纯净的空气中抖落几朵绒毛，轻轻柔柔地落向一盏刚刚熄灭的灵魂。

我想起那个到处都沾满露水的清晨。少女捧着一片叶子，轻轻吮吸叶片上的露水。在雾蒙蒙的清晨，我仿佛看见了一位不食人间烟火的精灵，我不敢发出声响，我怕尘俗的喧嚣惊扰她。

我深深注视她和她身边一滴滴亲切的露水。

她动了动，只是用手拢了一下头发。我还认为她要飞走，看，她的羽毛有多轻啊！

她看到我了，冲我微笑。

"莫非，你是个精灵？"我揉了揉眼睛问道。

她灿烂地笑起来，把阳光一下子引到这里。太阳伸着懒腰，和她争抢着露水。

"我若真是个精灵就好了。那样，等我走的时候，妈妈就不会那么伤心了。"她的声音又轻又细，仿佛自言自语。

"走？你要去哪里？"

"去天堂啊，爸爸妈妈不告诉我得了什么病，但我知道自己得的是绝症。他们说只要我每天早晨坚持喝露水，病就会好的，一年了，我总是赶在阳光出来之前来到这里，来晚了，露水就会被太阳喝光的。"她又恢复了快乐的情绪。

我不敢想象，眼前这个美丽得一尘不染的少女竟然身患绝症。她是人世间多么美丽的一朵云啊！她让我想起了婴儿的诞生，那么纯净，那么安详。此刻，她纯净的灵魂正贴着草叶飞驰，无论如何也无法让人相信，死亡正在身后追赶着她。

这是我七天假日的最后一天，我的生命因为这七天假日的最后一天而变得异常鲜活起来。我是来躲避烦恼的，妄想用七天假日去击败一个流言。现在，我感觉到所有的烦恼都被露水洗掉了，同时感受到生命的清新和愉悦。少女说："我已经比医生预测的死亡时间多活了六个月，我已经创造了奇迹，我有什么理由不开心呢？"

少女最终还是去了，很诗意地到天堂去赴上帝的约会了。如果用少女的乐观思想解释死亡的话，我想她一定会说："去晚了，通往天堂的台阶会生满青苔。"

如此安详地面对死亡，是少女创造的另一个神话。

她走的那个早晨，我吸了最后一口露滴，这最清澈的水，在这个时候，注满了我身体内部那些简朴的陶罐。

我来到她的墓前，把自己采集来的露水一滴一滴地洒下去。我想让少女身边的这一滴滴水，护送她那颗纯净的灵魂，安然抵达上帝的花园。

那一刻，我仿佛看到了少女天使般的身影和永不褪色的笑脸，而我却忧伤了。现在我知道，要唤醒我那凋谢了的，逐渐枯萎的年华，只需她的嘴唇，在阳光隐遁之前，轻轻唤出我的名字。

她竟回应了我！晴朗的天空下，一朵云悠悠飘过，它带来一场又轻又细的雨，我知道，那些雨滴一定是她安慰我的话语，又轻又细，但饱含生命的力量。

那么，我还有什么理由躲闪尘世中一个个接踵而至的烦恼呢？况且，我们之间的对话从来就没有间断过——

我问她："为什么每天早晨的太阳总是如此新鲜？"

她说："因为每个早晨太阳都在用露水洗脸。"

最好的玉引来最美的月光

　　混迹社会久了，会发现有那样一种人，人气很旺，总是有很多人愿意聚拢在他的身边，使他总是不自觉地成为一个圈子的中心。有时候不免会生出疑惑：这些人为什么会是社会的"宠儿"，得到那么多人的拥簇呢？

　　大罗就是这样一个曾经让我疑惑的人。如果放到古代，我相信，他就是仗义疏财的及时雨宋江。

　　那年我刚刚下岗，待业在家，成天无所事事，沾染上了嗜酒和赌博的恶习，并一发不可收拾。胃喝坏了，钱输光了，几年来辛辛苦苦攒下的家底被我挥霍一空，妻子为此嚷嚷着要和我离婚。当时我的心里只有一个念头，想办法借到一笔钱，然后豪赌最后一次，把输的钱都捞回来。

　　我谎称买车跑运输，向朋友们开口借钱，几个朋友都是穷光蛋，但江涛透露给我，说他有一个叫大罗的朋友家里很有钱，人也很仗义，不如让我碰碰运气。

　　我和他不认识，根本没抱什么希望。可是听说我是江涛的朋友，毫不犹豫地借了我一万块钱。那个时候，一万块钱不是个小数目，他这么信得过我，让我心里不禁闪过一个念头：不如真的用这钱去做点买卖吧，本本分分地干活挣钱。可是最后，好赌的欲念还是战胜了理智，我又一次坐到了赌桌边，又一次血本无归。

当江涛知道我用这笔钱去赌博并且输得精光的时候，气得要与我绝交。这件事也辗转传到大罗的耳朵里。大罗通过江涛，约了我见面。我想，大罗肯定是要逼着我还钱了。

令我大呼意外的是，大罗不仅没有逼我还钱，反而又借了我一万块钱，当时他拍拍我的肩膀，只说了一句话："你不光要戒掉酒和赌博，还要戒掉酒肉朋友。"

那句话深深烙在我的心上。我做到了。我洗心革面，用这笔钱在院子里盖了猪舍，还买了几头猪回来。我踏踏实实，埋头苦干，只用了一年的时间，就把欠大罗的钱还上了。大罗只收了本金，把利息退给我。

"留着吧，用这个可以再抓几个猪崽儿。"大罗说。

我感动于他的热心，他的亲和，他的豁达，那一刻，我在心底对自己说，我会用一生去交这样的朋友，而彻底远离那些只会令你堕落的狐朋狗友。

听过一节人生讲堂，老师在台上讲解关于做人的魅力，她拿一块玉作比喻。

她把一块玉放到桌子上，然后把所有的灯光都关掉，拉开身后的窗帘，白花花的月光照进来，把那块玉照得越发晶莹剔透。我们不禁惊呼那块玉的美。

这时，她取出一个纱网，把那块玉罩住。玉的光芒一下子黯淡下来，月亮似乎也不再如刚才那般明亮。

老师说："每个人的心都可以是那样一块玉。只是有一些玉的斑痕太多，比如嫉妒、怨恨、猜疑、小气等，都是这块玉上的疤，会挡住玉的光芒，就像被纱网罩住了一样。所以，它引来的

月光自然就少了许多。"

我豁然领悟，大罗不就是一块活生生的光洁的玉吗？我理解了，为什么大罗的身边会有那么多的朋友，就像宋公明凭借自己的人格魅力，聚集了众多忠肝义胆的兄弟一样。大罗的朋友几乎涵盖了所有阶层，有上流社会的，也有底层普通百姓，但那些朋友都有一个共同特点：干净、正派。

我想，这都要归结于大罗的人格魅力吧。每个人都可以是一块玉，你的内涵，你的修养决定了你的光润程度。大罗给我树立了一个榜样，让我也致力于做一个有人格魅力的人，用身上的光泽去感染人。

朱德庸说，好朋友两个就够了，一个肯借给你钱，另一个肯参加你的葬礼。是啊，很多自认为是朋友的人，其实更像是旅伴，只要大家方向或步调不一致，他们就会渐行渐远。做好自己的本分，真诚坦荡，卓尔不凡，自然会有优秀的人走过来与你结伴同行。

如果你心生莲花，呵气如兰，那些乌烟瘴气自然会躲着你，无法侵袭你。聚集在你身边的，自然也都是充满香气的人。

因为最好的玉引来的是最美的月光。

一秒钟的蝴蝶

她是一个舞蹈演员，五十岁的人，看上去和三十岁无异。

她的青春犹在，她觉得她的身体里住着一个舞蹈的天使，把她的青春永远留在生命里。在舞台上挺胸、抬头、微收下颚，她喜欢这种感觉，也喜欢用每个眼神，每个脚尖都来传递她对音乐的感受，对生命的理解。衰老的肢体在年轻的心的带领下，缓缓舒展开来，随着音乐旋转、跳跃。那一刻，舞动的不只是身体，更是她的灵魂！诉说着心中的喜怒哀乐。

他是她的舞迷，她的演出，他几乎场场不落。渐渐地，他有了一种欲望，他想知道，她缘何能够如此绚烂，一辈子都在飞翔。

更让他不可思议的是，五十岁的她竟然还是单身。一辈子没有结婚，难道仅仅是为了她的舞蹈吗？

咖啡馆里，她不喝咖啡，只要绿茶。

她说她的生命中有几个男人路过，是的，仅仅是路过。他们只是迷恋我的身体，都不肯和我结婚。她喃喃地说。

他义无反顾地爱上了她，当他怯怯地说出心底的爱，她微笑了，那令人愉快的微笑使她的皱纹像是在跳舞。她亦爱上了他，用她所有的血液。五十岁的女人，四十岁的男人，这惊世骇俗的

爱恋，能持续多久呢？

他们没有给出答案。爱情本身也不需要答案。他们只是爱着，用激情把岁月推得很远很远，他们的脑海里只有一个词语：现在。

她说，她宁愿做一秒钟的蝴蝶，也不做一生的虫子。

她让自己整个燃烧起来，身体上的每一个角落，都是沸腾的。她放纵着，挥霍所剩无几的青春。

他们只要现在，只要做一秒钟的蝴蝶。

然而，命运和她开了一个多么残酷的玩笑。一场车祸夺走了她的一只腿，她的后半生只能靠一根拐杖度过了。她并没有伤心欲绝，她知道，生活会给你一些，也会不给你一些，她说她得到的已经很多了，她感激生活，感激他这些日子的陪伴。可是有时候看到别人飞舞的身影，美丽的剪影，她的心里还是有一个声音在说，本来我也可以这样的，只是……她安慰着她心中舞蹈的天使，安静吧，我的精灵，我们还可以在来生继续舞蹈，对不对？

她告诉他以后不要来看她了，因为她不再是他的蝴蝶，因为她已经不能再飞翔了。

不，你一刻也没有停止飞翔。他毅然决然，固执地不肯转过头去。在他眼里，她依然是那样地美，凄凉、欲碎，让人心疼。

那个午后，他和她的梦里，都是同一个场景：他们徜徉在舞池，如鱼龙潜越，鸿雁长飞。每一步，都像轻拂沙滩的海浪，然后回转，那么低低的，却能倒映出一圈圈彩虹。海中间，有一个在岸边依稀可见的小岛，淡淡的雾气缭绕着，寂寂中传出一环一环的天籁之音。那个时候，整个海面一瞬间平静下来，突然之间一个鼓点响起，像一滴从天而降的水，在如此静寂的海面上荡起一圈一圈的涟漪。其后是一丝丝笛子的声音如不可接近的神秘的幽灵，却有强大的魔法，将所有沉睡下去的人全部唤醒了。

一只腿也可以舞蹈。这是那个午后梦醒后，在他心头冒出的想法。他可以带着她旋转，他就是她的风！这念头使他幸福得流出泪水，他睁开眼睛，身边却已经空空如也。

她突然消失得无影无踪，一本书的书页里，夹着一只蝴蝶标本。那蝴蝶虽然已经凝固，但却毫发无损，窗口的风吹着它，使它总给人一种振翅欲飞的感觉。

余下的时日里，寻找便成了他唯一的工作。他知道，那只断翅的蝴蝶一定能感受到他急促的呼吸，他们一定还会在某个黄昏，某个寂静的屋檐下，不期而遇。

他坚信，两个人，就像大海中的两滴水，有一种力量会让他们在化成汽、凝成云、结成雨、冻成冰、融成小溪、汇成江河、归入大海之后，在波峰浪尖上共舞！

他要找到她，告诉她，不准她再离开。要彼此守着，做两只相爱的蝴蝶。

不要一秒，要一生一世。

霜 降

寒，通过一朵霜，下达了对最后一朵花的通缉令！

——霜降

像水一样流淌

生命本该是静静流淌的。如果你想比风跑得更快，你会丢掉草帽；如果你想追赶上神，你会迷失心灵。散步的好处正在于：可以让我们认真地接近每一片叶子，发现叶子快乐的战栗；认真地接近每一朵花，洞悉花朵羞涩的秘密。认真倾听时间"嘀嘀嗒嗒"，仿佛下着沥沥的雨，仿佛在作一首无韵脚的长诗。

静静流淌的生命是很诗意的一种翻阅。所有的日子合起来是一本书。我认认真真去读，恭恭敬敬去写。有些日子会成为精彩华丽的篇章，有些日子会成为一笔带过的风景；有些日子是花开时的烂漫，有些日子是叶落后的静默；有些日子闪着光，有些日子沁着凉；有些日子是一句警世的话，一个标准的字，有些日

175

子是一个简单的标点，一种依附的符号。不管这本书深奥还是浅显，我都会虔诚地翻过，犹如翻过《圣经》的每一页。

当我仍然可以憧憬，也可以回忆的时候，我的生命之水正在流淌。捧着普鲁斯特的《追忆似水年华》，从上午，渡着船驶进午夜。其间没有喧嚣，没有干扰。当那些逝去的尘埃从身上、灵魂里一点点地剥落的时候，能有几个人认为那些尘埃正在身后堆砌一座坟墓！只有流水能将它毫无痕迹地从尘世擦去，像在作业本上擦去我们曾经犯下的错误。

如果炽热而明亮的灯泡会让夜燃烧得更快，那么我宁愿点上蜡烛，让这黑暗中的植物流着泪诉说成长的疼痛。蜡烛的成长就是不断不断地消逝，到最后凝成一摊泪，像是遗憾、像是忏悔。俄国的列夫·舍斯托夫在他的《无根据颂》中提到，哲学家们颂扬心灵的宁静，把它当作我们生存最高尚和最有价值的目标，可这样一来，动物理应成为我们的理想，因为在平静无波这方面，没有什么能比它们更好。我们不妨去看看正在吃草的绵羊或奶牛，它们既不回忆过去，也不憧憬未来，完完全全活在现在，只要有一块好牧场，就能使它们完全满意了。人终究是人，人内心永远无法达到植物般的宁静。人有争吵，人有数之不尽的烦恼，人要四处求职，养家糊口，人要千方百计地赚钱，人要体面地活着，人死后要留个好名声……锅碗瓢盆，上岗下岗，风花雪月，上床下床。人在这世上走一回总要留下一个背影，或伟岸或卑微，或生动或僵硬，或凝满智慧或透着愚昧，或盈着暗香或罩着沧桑……人的欲望和虚荣导致了一个个忏悔的黑洞。人的一生，有多少欲望和虚荣大概就要负下多少心债，现代人的心路历程恐怕是一段最为艰难的历程，从一颗心到另一颗心，大概只有"在清水里洗三次，在碱水里煮三次，在盐水里腌三次"（阿·托尔

斯泰语）这段路才能由喧嚣走向宁静，由浑浊走向澄明，由繁复走向简单。

"……我不想汹涌澎湃，我只想静静地流淌。"作家二月河在成名之后由于记者的频繁打扰无法安心写作，不得不发出这样的感慨。二月河的感慨不知能让多少追名逐利的人汗颜？钱钟书先生的一生也是为媒体记者设置了重重栅栏。他只是不想让自己脱离普通人的生活，平平静静做事，安安心心做人。

像水一样流淌的，是普通人的生命。每天重复着几乎同样的事——吃饭、睡觉、上班、下班。这静静流淌的生命中也会有一丝丝快乐的涟漪。比如，单位发奖金了，今天的天气不错，院子里的花开了，一只小鸽子破壳而出了等。像水一样流淌的，是充满爱心的生命，它与每一片叶子，每一朵花都有着撕扯不断的情感。比如，父亲的口袋里为儿女揣回来的几粒糖果，母亲被针扎破的手指，废墟上的琴声和穷人的歌唱……

我希望黎明的火车能慢下来，尽管终点是宝座，是权杖，是华丽地毯铺就的宫殿，是天堂。我仍然希望火车能慢下来。让我仔细读一读那些亲切的背影，抚摸一些让人感动的鱼，让它们滋润现代人揣在口袋里的情感。

脱下灵魂的外衣，我要像水一样，静静地流淌。

爱情里的茶香

　　男人和女人都需要情感的滋养，而爱情里的茶，是最好的补品。

　　男人即便是上等的茶叶，也要有懂得他的女人去冲泡，只有二者相得益彰，茶香才会四溢。

　　在网上看到一篇关于爱情和茶的博文，感觉甚妙，文章说："绿茶式的爱情，那是青春初醒的美好，那是妙不可言的初恋。当青春不经意间睁开眼睛，眼前突然出现一个风含情、水含笑的境界，清新、澄明而纤尘不染的梦幻仙境，绿茶举手投足间灵动着浅浅淡淡的神韵……铁观音式的爱情，那是成熟清醒生命中的致命诱惑，那是欲罢不能的灵魂相吸。当铁观音式的爱情发生，那是茫茫人海中灵魂的相认，那是命定的苦中一缕茶香，缘遇了它，是命中一劫，因为那是深入骨髓的悠然不尽的神韵，转世轮回，彼此都不会走远……普洱茶式的爱情，那是万水千山走过才可进入的爱情境界。这是执子之手与子偕老的人生浪漫，这是走过岁月，走过人生的相濡以沫。风停了，雨住了，一切都静了下来，两颗已分不出彼此的心，在一份简静中，只剩下粗茶淡饭中的相依相守，只剩下一个眼神的明了，一个微笑中的默契，于是，心，到家了。"

　　好一个绿茶的"风含情水含笑的境界"，好一个铁观音的"转世轮回，深入骨髓的悠然不尽的神韵"，好一个普洱茶的"心，到家了"。

　　除此之外，还有两种爱的意境不可以忽略，那就是毛尖茶和龙井茶的爱。

　　毛尖茶的爱，是对一种往事的回味，是对一个背影的眷念，它可以发生在一个避雨的屋檐下，或者地铁车站，那惊鸿的一瞥，那欲说还休的羞赧，令你终生难以忘怀。剩下的，唯有在午夜，为之挂肚牵肠。夜里很安静，周围的空气微凉寂寥，手表指针的走动，或者不经意间细碎的呼吸，都成为夜里的主角。呷一口刚刚泡好的毛尖茶，怀想那稍纵即逝的红颜，竟然会有眼泪流出来，狰狞如小蟹，在脸边、手指尖，张牙舞爪地爬开去。

　　龙井茶的爱，是一份高贵的心灵相守，不求占有，只求相互抚慰，那种心灵间的默契只有那两个慧心的人懂，其他的一切都无法干扰。茶香里记载着他们的曾经，生活的点滴，情感与理智的交汇，不温不火。上好的龙井浸染了岁月，乍看茶迹斑斑颇为狼狈，实则细触，淡香暗绕，丝丝扣入心中。这种灵魂上的抚慰，是爱，却也超过了爱。如果普洱茶的爱是心到家了，那么，龙井茶的爱，就是让灵魂靠了岸。

找不到家的天使

那年，哥哥在山里出苦力的时候被硬物砸断了腿，由于抢救不及时，只好对膝盖以下做了截肢手术。哥哥的小腿被锯掉的同时，也锯掉了他所有的骄傲。

正是青春的大好年华，却遭遇如此不幸！曾经伟岸挺拔的身影消失得无影无踪，取而代之的是哥哥那越走越矮的身影和无数的叹息、呻吟。

哥哥是个自尊心太强的人，他一度很绝望，所有通向光明快乐的通道都因为这条腿而被堵死了，无数次，哥哥想到过自杀。

他屈居阴暗的谷底，不肯再攀登。

哥哥再一次自杀未遂，被我们抢救过来的时候，是在落英缤纷的深秋。在医院的过道上，哥哥碰到一个弱智的女孩，她站在那里看着哥哥拄着拐杖步履艰难地走路，她的眼光是那种孩子般的眼神，在这样的目光中哥哥一点儿也没有尴尬，她的声音却让哥哥吃了一惊，在哥哥走过她面前时她突然对哥哥说："你慢点走啊！"然后还举起两根手指，做了一个胜利的姿势。哥哥笑着对她说谢谢你，她也再没有说什么。哥哥走过去很远回头看她还站在那看他，哥哥忽然心有所动，她是让他小心不要跌倒，就这么简单。虽然只是一句简单的话，却是一份陌生的浓浓的关爱。

第二天，在过道里哥哥又遇到了她。她正在地上拾捡着一片片落叶，每拾起一片，都会放到胸口，闭上眼睛，口中念念有词的样子。然后就看到她拦住过往的人，像散发广告传单一样散发她的叶子。人们都躲着她走，即使接过叶子的人也随手就扔掉了。她噘着嘴，有些不高兴的样子。哥哥好奇地问她在做什么，她说，我是魔法师，每个叶子都被我许过愿了，谁得到了，谁就会幸福快乐。说完就给了哥哥一片叶子，哥哥握着那片神奇的叶子，很珍惜的样子，并连声对她说谢谢。她很高兴，终于有人认可她了，于是很神气地冲哥哥点着头。哥哥对着她握了握拳，哥哥是要告诉她，他一定会坚强起来。

哥哥后来回忆说，那个弱智的女孩让他很感动，她也许不懂得什么是怜悯和同情，但她是真的很关心别人，弱智虽然让她的心灵永远无法长大，却使她变成了一个善良的天使。同时也让他坚信，一条腿也可以活得很精彩。

从此，哥哥又像从前一样，每个细胞都注满了阳光，变得开朗快乐起来。哥哥手巧，一直喜欢根雕。他雕出的根雕作品个个形象逼真，颇具韵味，令人爱不释手。很多人慕名前来购买，还有人提出要给哥哥投资建一个根雕工艺品厂，哥哥成了我们小镇上的名人，收获了事业，也收获了爱情。

哥哥身上散发的阳光的味道感染着身边的每一个人，有人问他，是什么使他在失去一条腿的情况下，依旧开朗乐观。他说他忘不了那个弱智的女孩，是她用最简单的善良给他的生命注入了阳光，让他坚信，即使没有腿也可以走路。

哥哥经常到那个医院去，有时候会碰上一些为医药费而愁眉不展的穷人，哥哥就会慷慨解囊，尽自己的一点绵薄之力。更主要的是，哥哥想再碰到那个弱智的女孩，他要把自己雕的一个根雕送给她，那是一个长着翅膀，手里还握着一根魔法棒的善良的很可爱的小天使。

可是一次都没有碰到。但是哥哥并不悲观，他想她一定活得很好，因为天使，就居住在她善良的心里，会保佑她一生平安。

回来的路上，哥哥领着孩子过马路。一个弱智的男孩在马路中央美滋滋地抬头望着天空，不停地比画着什么。五岁的小侄子对他的爸爸说，看，那里有个傻子。哥哥立刻纠正他的孩子说，他不是傻子，他只是迷路的，找不到家的天使。

差一点忘记你，父亲

斌子的父亲癌症晚期，查出来的时候正是深秋，医生对斌子说，做好心理准备吧，最多还能活三个月。尽管孩子们极力想瞒着，但父亲终究还是知道了这一切。

我们去医院看他，他明显消瘦了很多，以往那个爱说爱笑的小老头忽然变得伤感起来，一个劲儿地掉眼泪。我们只当他是因生命即将逝去而禁不住的喟叹，一切安慰都显得那么苍白，于是我们也都跟着选择了沉默。

半年之后，斌子的父亲安静地走了，表情很安详，嘴角似乎还残留着一抹落在尘世里的微笑。

"父亲一直都很乐观，包括死亡。"斌子和我说，"你知道刚开始住院的时候父亲为什么长吁短叹吗？"

"难道不是因为大限将至吗？临终的人总是习惯于这样悲伤的。"

"不，你错了。父亲就算是临终的时候惦念的也是我们。他和母亲说过，说自己病得不是时候，天冷了，现在要是死了，孩子守孝要挨冻了……"

斌子的父亲最后比医生预测的多活了两个月，我想，他大概就是为了不让他的孩子们守孝挨冻，忍着不死，一直等到春暖花开。

我被深深地震撼了，我想到了我的父亲。我已经很久没有给父亲打过电话了。

电话打过去，几乎没有等待，就响起了父亲的声音。这让我更加觉得愧疚，我想晚年的父亲除了吃饭睡觉，唯一的活动就是守在电话旁边，一直在等着儿女们的电话吧。

"爸，少抽烟，多运动，晚上出去下棋记得披件外套，心脏不好，就别总喝酒了。别担心我，我在这里很好，只是很想你而已。"父亲在那头一个劲儿地"嗯、嗯、嗯"，好像一个在听着老师劝诫的乖学生一样不停地点头，满脸的谦卑恭敬。一下子，我感觉到父亲真的老了。

父亲，生命中最重要的那个男人，年少的大多数时间都是他陪伴我，骑车载我去球场，牵着我的手去野外，在海边为我用沙砾堆起城堡，还有那次我特别不想让他出现的家长会，他牢牢握住我的手令我无法逃掉……我的记忆慢慢延伸开来，从什么时候起，这个男人的身影渐渐淡去，变得不那么强壮——是从我因为失恋彻夜未眠的时候起吗？是从我踏上北上的列车漂泊流浪的时候起吗？是我在人心叵测的职场上摸爬滚打的时候起吗？是的，当我的脸颊有了青涩的胡茬儿，当我的手臂变得粗壮有力，当我坐在转椅上沉默、疲惫，因为时间而焦虑，因为忙碌而孤独的时候，我已经很久没有想起他了。是的，很久，差一点忘记。

看过一个小故事：两条小鱼一起游泳，遇到一条老鱼从另一方向游来，老鱼向它们点点头，说："早上好，孩子们，水怎么样？"两条小鱼一怔，接着往前游。游了一会儿，其中一条小鱼看了另一条小鱼一眼，忍不住说："水到底是什么东西？"

我觉得自己就像那条小鱼，每天游在漾满亲情的水里，却不

知道水是什么。

　　我在电话里告诉父亲，这个月末会请几天假回去看他，我说我想喝他煲的地瓜粥，想和他下一盘棋了⋯⋯

　　一辈子要强的父亲，竟然在电话那头，轻声地抽动鼻子。尽管他一再大声地说着"好好好"，我却分明感觉到了他落下的那滴眼泪。

　　那是一滴可以挤疼大海的眼泪。

别让时光把你倒着拎起来

别让时光把你倒着拎起来，那样，你会掉落很多不为人知的秘密。

上衣左口袋里有两张过期的电影票，错过的是你一直想和爱人去看，却一直没有时间去看的电影。电影没老，我们却先各自生出了皱纹；上衣右口袋里有一本通信录，是和你的生活息息相关，或者说你要用到的人的联系方式。每次重新抄写通信录，就会重新检点自己忘记了多少人。忘记之后剩余的，就是所得。但你的通信录，从来没有被丢弃。始终都是满的，也始终都是空的；裤子的左口袋里是你的乘车卡、办公室钥匙和几个零钱，告诉你生活是琐碎的；裤子的右口袋里是日日更新的手纸，时刻提醒着你新陈代谢的好处；屁股上还有一个口袋，里面装着一张白纸，上面勾画着一些很奇怪的符号，像是你与命运之间的某种对话。

还有些肉眼看不到的口袋。比如，贴着贪欲的那个口袋，一些私房钱和暧昧的写给别的女人的情书；比如，靠着嫉妒的那个口袋，你诬陷朋友的检举信；比如，和虚荣隔壁的那个口袋，你沽名钓誉的各种虚假的荣誉证书……这些，你藏得很深，别人翻不出来，只有时光将你倒着拎起来的时候，它们才显露无遗。

被时光倒着拎起来的时候，你总是无限惊讶：咦！身上哪里来的那么多口袋？

当然，最主要的，还是担心被时光倒着拎起来的时候，把梦丢失，因为梦也在口袋里，离心最近的那个口袋。梦丢失的时候，我们无比忧伤。但我们似乎习惯了这样掩盖自己的忧伤。比如，死掉了一只心爱的小狗，我们就再养一只；比如，掉光了头发，我们就买来发套；比如，三年前你爱过的一个女子，离开之后，你死去活来、黯然心碎、惨淡经营，可是在三年零三个月的第三小时三分钟，你开始与另一个女子上床做爱，并一样抵达高潮……

我们可以从容地在任何一个场合和一个陌生人熟练地娓娓而谈，却总是无法进入一个熟悉的人内心，咫尺天涯。一颗颗戒备森严的心，像筑好了防御工事的城堡，牢不可破。

我们甚至从橡胶树那里获得了真理：用新的痛苦埋葬旧的痛苦。

我们无法走到时光的前头，看它的枝头隐匿着什么。只能紧紧跟着它的步伐，贴着它的后背，一边怀想，一边感恩。因为只有对过去心怀感激的人，才能走得更远。

跑不到时光的前头，就敬畏地仰望它吧，看看它到底有多神奇，怎样刻画年轮，雕刻生活。痛苦只是暂时的，酸甜苦辣是不可或缺的生活调料。茫然、惶恐、快乐、悲伤，完整地构成回忆。我提醒自己，永远不要和时光背道而驰，你的幸福城堡在前面，你可以不必奔跑，但灵魂必须提前抵达。

在抵达那个幸福城堡之前，要感谢很多人，也要对无心伤害过的人心存歉意。

在灯光下，看到女儿手里握着橡皮，孜孜不倦地在那里改正作业本上的错误。孩子们可以随心所欲地犯错，可以把太阳放到夜里，可以把树种到天上，可以把人画出四条腿，他们不必为自己的错误担心，因为他们有橡皮，他们可以改正，一切都来得及。而我们呢，被岁月的鞭子赶到坟墓边上的人，已不容许再有任何过失，不管是打碎了亲情，还是碰落了友情，对于我们的后半生来说，都是一种难以缝合的痛苦，一种永无宁日的煎熬。

如果，真的有一种不能抗拒的哀伤，也不妨暂时接受它。静待它会在你身上种出什么样的果实来。

所以，永远不要和时光背道而驰。你要紧紧贴着时光的后背，跟着它向前走，不要让它把你倒着拎起来。因为回忆是徒劳的，只会让你的心灵长满野草，并且永远没有收割完的一天。

走走神，发发愣

　　晚霞褪尽，夜幕升腾。忽然有了想出去走走的兴致。便约了朋友，一边散步一边聊着天。一盏路灯，路边还有未化的雪。和他说着话，说着说着就走了神，走了神就和他说，先别说话，让我好好看看这天空。

　　这天空蓝得无法形容，是一种有着忧郁气质的蓝，一种可以给你无限遐想的蓝，如丝丝滑滑的缎子面，伸出手就可以触摸到那种软软的微凉。

　　路边有人在放烟火，"砰"的一声，一个火球飞向空中，然后绽放。把那蓝揉碎，又慢慢抚平。一颗心也跟着开了、又落，芳香却留下来，沉淀于心底。

　　童年的一些映像就开始在脑海中不停地闪现，野地、葵花、蝈蝈、风车、蒲公英、玉米秆儿、稻草人……

　　"喂喂喂，没事吧你？"朋友看我傻愣着发笑，不禁担心地过来摸摸我的额头。

　　我笑而不语，那魂飞天外的样子一定把他吓得不轻。

　　走走神儿的这一刻，心底忽然塞满了一颗又一颗温柔的小星星，它们闪着恒久而又年轻的光，提醒着我，不该忽略生活中的一件件"小确幸"：

那些安分守己的忧伤

住在乡下的岳父，一向有些懒惰，听说我们一家人要回去过周末，起了很大的早，把院子打扫得干干净净，把屋子烧得热热乎乎。岳母同他打趣，一辈子的懒家伙，今天这日头咋从西边出来了。岳父"嘿嘿"笑着，并不言语，搬了凳子，够下来那瓶珍藏了好久的"五粮液"。

妻最小的妹妹和我们的年龄差了近20岁，上学和工作期间都在这住，我和妻也一直把她当女儿看，有时候不自觉地就喊了声"姑娘"，她竟也乐于答应。结婚后家里一下子冷清了许多，好久不来，心中不免有些挂念，也有些"结了婚就什么都忘了"之类的怨言。忽然有一天门铃响了，问，是谁？听见她在那边欢快地喊："你大姑娘回来啦，快开门。"

仕途上春风得意的时候，老朋友纷纷"退场"，正开始怀疑那份友谊的纯度的时候，朋友发来的短信却写着："别人都关心你飞得高不高，我们只关心你飞得累不累……"

身在尘世，有时候会感觉像一头驴子，被鞭子驱赶着。生活的磨盘啊，榨出新鲜的豆汁儿，也榨尽我们的诗意，我们蒙着眼，不停地奔忙，除了风声和汗水摔到地上的响声之外，就只有磨盘的吱呀声了，那只磨盘，如一只生锈的龟，爬了许多年，仍在原地打转，它爬不出宿命。

累了的时候，真想坐下来，亲手烘一块蛋糕，亲手研磨一杯咖啡。生活再忙，也要给自己挤出一点独处的时间吧，想念一下亲人，问候一下朋友。

再忙，也要在那劳碌的间隙里，吸吮出感恩的骨髓来。

走走神，发发愣，我会听见时钟上的秒针，赶着小碎步，一路奔忙，像一只淘气的小狗，不停地转着圈，非要咬到自己的尾巴不可。

　　走走神，发发愣，我会看见一朵云拉着另一朵云的手，相互打探故乡和亲人的消息；我会看见鸟儿，衔走我们的快乐和悲伤，飞到月宫里去报告人间的事情。

　　走走神，发发愣，我会听见蟋蟀的歌声，这弱小的歌者，不论怎样的天气，都持续着它的歌唱："它身披长衫，独吟琴操，双目微盲，心中灿烂。它像瞎子阿炳一样，低语着艰难的身世和世上的尘土，它把听着的心说旧了，把时光说短了，把梦说老了，把一支名叫寂寞的歌儿，说得更加寂寞。"（巴音博罗语）

　　葛红兵在一篇文章里写道："只要你从世俗的功利中抬起头看看，那片绿色就属于你了；听听，那池蛙鸣也就是你的了；想想，看着天空发一小会儿愣，那天空就是你的了。"

　　走走神，发发愣，给一颗心松松绑，让它随着云朵、随着风、随着鸟儿，爱飘到哪里就飘到哪里去吧。

驯服苦难的烈马

极少见过那么多苦难集于一身的人。她简直就是上帝的出气筒，上帝发脾气，拿着鞭子乱甩一气，她成了活靶子，浑身上下被抽打得伤痕累累、满目疮痍。

她是岳母家的邻居，一个美丽的妇人，一个被命运的风暴卷入谷底的人。

打小就死了爹娘，在姑母家过着寄人篱下的日子，终于挨到了嫁人的年龄，姑母迫不及待地将她嫁了出去。婚后没多久，丈夫得了股骨头坏死病，一瘸一拐的啥活计也干不了，里里外外都指望她一个人。

女儿在中考的那一年，因为压力过大，学习学傻了，整个人处于半痴呆状态。

许久了，她一直住着村子里唯一的一个土坯房。房子在雨季，经常漏雨，她就常常请了左邻右舍帮着她修补房顶。这一次，没等房顶修好呢，一场大雨终于把它冲塌了。

即便如此，村人们也从没在她嘴里听到过一丝叹息和任何抱怨，就连这房子被雨水冲塌了，她也会乐观地说："这下好了，总算能下决心盖个房子，不然总是舍不得拆了它，老天爷给俺作决定了。"

不管生活多困苦，你都不会在她的脸上找到悲伤的答案。不仅如此，她还经常安慰别人，岳母最开始知道得了癌症那几日，每天茶饭不思唉声叹气，她天天来劝导岳母："癌症算个啥，好好治哪有治不好的病。你得好好活着，你看你多有福气，你现在享受的一个月的福，都够俺攒上一辈子的了。"

听她这么一开导，岳母开朗了许多。

村里很少有比她家穷的了，可她偏偏又是个乐善好施的主儿，不管谁家来要点啥，只要她有的，肯定是有求必应。夏天，她的园子里种的菜总比别人家的多，别人过来摘个黄瓜茄子啥的，都不用和她打招呼。

她的脸上永远挂着灿烂的笑，她喜欢打扮自己，尽管没什么好衣服，也没什么好的化妆品，可她就是喜欢往自己的脸上涂脂抹粉。在地摊集市上，只要看到便宜而又不难看的衣服，她就会买回去，没有人知道她的箱子里到底有多少衣服。有一次，村里有三家办喜事的，这可把她忙坏了。每去完一家，就赶紧跑回家打开箱子换身衣服，一共换了三次，也就是这次，她在村里名声大噪。人们开玩笑，都叫她"三开箱"。

这"三开箱"自然是贬义的，村人都认为，她一个被苦日子浸泡着的人，就应该是坛老咸菜的样子。她的举动，无异于咸菜缸里忽然冒出翠生生的一株绿来，让人无比讶异。也有人在背地里八卦，说她指不定给家里的瘸子戴了几顶绿帽子呢！这话传到她的耳朵里，她也不生气，身正不怕影子斜，在那些长舌妇面前，反而更有力地扭几下屁股，秀一秀那妖娆的身姿。

人们询问她的近况，她总是"还好还好"地应着。人们失望地走开，似乎希望从她那里得到一点不幸的消息，用以减轻自己的不快。人们乐于欣赏别人的苦难，就像欣赏烟花一样自然，可是她从来不给他们看"烟花"的机会。

她从不向人兜售自己的苦难，用她自己的话讲，那样只会赚取别人廉价的眼泪，除此之外，还有什么作用呢？她也常常对她的瘫丈夫和痴女儿说，不要轻易把伤口给不相干的人看，因为别人看的是热闹，病的却是自己。

苦难不是用来晾晒的。晾晒苦难，苦难并不会蒸发和减少，只会更大面积地传播。

"这辈子谁还不吃点儿苦，苦瓜、婆婆丁、苦菜都是苦的吧，可俺就爱吃那口儿。"这是她常常挂在嘴边的话，说这些话的时候，嘴角依旧上扬，酒窝绽放。

原来，苦难会摧毁一个人，也可以把一个人变得如此娴静，如此淡雅。

苦难，在她面前，如同一匹被驯服的烈马，她握着命运的缰绳，驾轻就熟。

她让我懂得，消灭苦难的好办法，不是去晾晒，而是让它发酵，把它变成酒，喝掉。

祖母是一片不知愁的落叶

门半开半闭，如秋之眸。

立秋了，吃过这些饺子，眼前的一切就都变成了夏天的遗骸。它们齐刷刷地排列在你的视野里，令你无力躲闪。比如，树上那些坚守到最后的果实，健康地存活下来，把完美的心一直留到晚年。这已经是个奇迹，我们还有必要担心它晚节不保吗？深秋的葡萄，像含冤的眼睛，虽然被秋霜凌辱，却依旧鲜亮，晶莹剔透，闪着不肯谢幕的光。

阳光不再蹦蹦跳跳，像顽皮的孩子一下子变成了少年，一下子就有了心事。阳光开始为那些在秋天里哀愁着的人工作了，为他们摊开伤心的绿，晾晒着寂寞的红。

其实天气还没变，一如往昔，艳阳高挂，心却不知不觉间有了凉丝丝的感觉。因为叶子落了，曾经的青春不复存在，流行歌曲里照旧挥霍着用之不竭的情感，但任凭沙哑的歌喉怎样声嘶力竭地挽留，青春都不再回头，你能做的，只有默默地清扫这满地狼藉。

也有不知愁的叶儿们，它们调皮地打着旋儿，姿态优雅，把生命中的大去当成一次惬意的旅行。

怀念祖母，是从一片叶子开始的，秋天的叶子。

那些安分守己的忧伤

叶子上错综复杂的脉络，像极了祖母的皱纹，但祖母并不悲伤，祖母的额头经常是金光闪闪，阳光喜欢在那里安营扎寨，那令人愉快的微笑常常使她的皱纹像是在跳舞。

在我的记忆里，祖母总是拿着扫把，试图把所有的哀怨清扫干净，只留给我们无忧无虑的鸟鸣。

祖母在那些落叶里不停地翻拣，把中意的握在手心。祖母喜欢收藏落叶，这个习惯终生未曾改变。这个习惯让我感觉到，祖母永远不会衰老下去。

我在祖母的书里看到过那些落叶。祖母喜欢看书，她的书里总是夹着各种各样的落叶，仿佛是她为自己的青春留下的标记。每一段青春，都是一片叶子，那些青春的遗骸，无法言说的旧日时光，成了书签，丈量着一本书的里程，时刻提醒着你，哪些句子需要再一次的爱抚，哪些情节需要重温。

我从来没有见过自己的祖父，父亲告诉我，祖父和祖母结婚一年后就去从军了，再也没有回来。作为军烈属的祖母受到了很多人的尊重，却没有人可以安抚她内心的苦痛。祖母习惯在那些叶子上面写字，一句半句的，大多都是哀婉的宋词。我想那是祖母用她自己的方式怀念着祖父吧。每年清明的时候，我就会看到祖母去祖父的坟前，把那些写了字的叶子铺满坟头，景象灿烂而华丽。这么多年，我没有见过祖母掉过一滴眼泪，但我知道，她的心就像是蓄了雨的云，轻轻地挤一下，就会泪雨滂沱，只是别人无法看见。祖母的眼泪，只居住在她自己的云里。

不管天气的好坏，祖母总是会大声爽朗地笑，祖母的苦难像一座山，把她的脊背压弯，却压不弯她热爱生活的心。

在那些叶子上写字的时候，祖母是小心翼翼的，仿佛怕碰坏了一份念想。写上了字的叶子，就如同被装上了灵魂，重新活了

过来。我想只有祖母懂得那些落叶，也只有那些落叶懂得祖母，她们惺惺相惜，彼此嘘寒问暖。

怀念祖母，是从一片叶子开始的，替那些果实遮过阴凉，从枝头跌落，背井离乡的叶子。

祖母在秋天的离世毫无任何征兆，只是那一天刮了很大的风，院子里的那棵老柳树稀里哗啦地掉落了所有的叶子。其实，也只有风能让叶子喘息或者感叹，在叶子的生命中，风往往扮演着接生婆和送行者的双重角色，所以叶子的心思只和风说，它只和风窃窃私语。

落叶也有遗言吗？在离开枝头的刹那，它和风都说了什么？谁听过它们交代的后事？

那些齐刷刷掉落的叶子们，是去陪祖母了吗？

我想，如果祖母是落叶，那么风一定是祖父。他们之间，有那么多缠绕不清的爱意。

我的祖母，一片写满诗句的落叶，一片不知愁的落叶，把生命中的大去当作一场旅行。

落叶从不惊叫，哪怕你踩到它的脊背。不像雪，不论你走得多轻，都会在你的脚下呻吟，仿佛踩碎了它们的骨头。

落叶从不惊叫，哪怕再多的苦难，她都只是去和风窃窃私语。

我似乎听到了落叶在说："等我，来赴一个灿烂的约会。在此之前，请好好生活，各自珍重！"

一个夜晚的赌注

很久没有人这样信任他了，把他当作一个真正的人来看待。那一晚，他辗转反侧，难以入睡。

五年前，他因为抢劫未遂锒铛入狱。现在刑满释放，从监狱里出来已经好几个月了，还是没有找到工作。有一天，在一个建筑工地上，他无意间看到了他的中学同学蚊子，上学的时候大家都这样叫。蚊子是工地上的一个小包工头，还算有些权力，就安排他当了一个力工，吃住都在工地上。"先干着吧，等以后有了好去处再说。"蚊子说。他和蚊子其实不算怎么熟络，上学的时候都没怎么说过话，蚊子在同学聚会的时候，还听说过他犯了事，但蚊子没说别的，就让他留下了。不管怎么样，暂时总算有了一个落脚的地方。他心里很感激蚊子。想有一天开了工钱一定请蚊子去饭馆里好好吃一顿。

那天，蚊子拿了五千块钱回来，说是管老板要了半年才要回来的。天太晚，已经没有客车了，蚊子说不回去了，要在他的棚子里将就一宿。蚊子还弄了花生米、香肠和几瓶啤酒，两个人聊起上学时候的事情，蚊子有些不胜酒力，喝了两瓶就有些摇摇晃晃了。他的心里就有了坏念头，那些藏在心底的"恶"又蠢蠢欲动起来。在监狱里改造了五年，他以为那些"恶"已经被连

根拔除了，没想到它们还在偷偷地生长着，使他的灵魂跟着扭曲变形。

他不时地盯着蚊子的包，他现在太需要钱了，他想如果现在下手，蚊子没有防备，会很容易得手的。他又给蚊子起了一瓶酒，他想让他醉得彻底些，那样他的成功率会更高。蚊子又喝了一大杯，然后就嚷嚷着要睡觉。让他没有想到的是，蚊子睡觉前竟然把他的包塞到了他的怀里，对他说："我喝多了，你替我拿着吧，我对我自己不放心。"然后脸冲里，呼呼就睡着了。

天赐良机！他这样想到。握着那装着五千块钱的鼓鼓囊囊的包，他的内心慌乱不已，犹如惊涛拍岸。那五千块钱对他来说，诱惑是巨大的。况且天已经黑了，他转眼间就可以逃之夭夭。

他试着起身开门，蚊子没有反应，依然鼾声如雷，睡得香甜。

他很快融入了夜色里，却忽然停住了脚步。心底的"恶"有些退缩了。他想到，这几个月里，他受尽人们的白眼，没有一个人信任他。所有的人都因为他是一个劳改犯而拒绝他，排斥他，只有蚊子帮了他一把，而且如此信任他，对他毫无防范之心。如果自己真的拿走了这五千块钱，就是给唯一信任自己的人当头泼了一身冷水，让人多寒心。做人不能这样，他这样想着，就折回身，重新回到棚子里，又躺到了蚊子身边。蚊子的鼾声依旧排山倒海，气势非凡。

不过，这真是一个千载难逢的好机会。躺在那里，他的"恶"并不死心，依然怂恿着他。那一夜，他被这五千块钱折磨得疲惫不堪，感觉心底像压了一块大石头一样。

他终究没有拿走那五千块钱，早上他把包递给蚊子的时候，感觉到心底莫大的轻松。因为一夜没有合眼，他的眼睛红红的，蚊子问他怎么了，他撒谎说怕钱丢了，一夜没合眼地看着它。蚊子忙说，对不起啊，害你遭罪了。

时光一晃而过。十年之后，他白手起家，从一无所有的劳改犯到身家过亿的富商，他的经历可谓传奇。作为很有名望的民营企业家，他的事迹常常是当地报纸的头条，人们茶余饭后不厌的谈资。他的商品从不掺假，他被人称道的品质就是诚信。与人谈起自己成功的经历时，他总是毫不避讳自己曾经阴暗的心路历程，包括那一个让他辗转反侧的夜晚。他说，那个夜晚，真正改变了他的命运。从那个夜晚之后，他就决定了要靠自己的能力奋斗下去。因为一个人的信任让他觉得自己还是一个有用的人，他不能辜负一个人的信任。他感激那个人，他会一辈子记住他的名字：朱德文。

"朱德文！"我捧着报纸对父亲喊道，"难道他要感谢的是你吗？"父亲微笑着对我点点头。"您可从来没有和我们提过这件事情啊。快说说，当时到底是怎么回事？"我忽然对父亲无比好奇起来。父亲说："我根本没有他说的那么好，你知道我当时的真正想法吗？其实我并不信任他，毕竟他曾经是个抢过劫坐过牢的人，我只是在做一次冒险的赌注。因为在喝酒的时候我看到了他的眼神，那眼神中有一种贪婪，我就知道他在打这些钱的主意。我的钱和生命都处于危险之中。我就决定赌一次。我把钱给他，如果他拿走了，我也认了，毕竟自己还留了一条命。如果他不拿走，那就万事大吉。那一夜，我故意装作睡得很死，其实他的每一个细微的动作我都知道。"

"事实证明，我赢了。"父亲说，继而纠正道，"不，应该说那一晚没有输家，我们两个都赢了。"

是的，那一晚的赌注两个人都赢了。一个人赢回了钱和生命，一个人赢回了那些剩余的精彩的时光。

我是一棵孤立无援的树

雨下着，世界暗淡无光。无法从悔恨的眸子里走出，无法知道光怪陆离的城市哪一处是陷阱，哪一处是禁区，我将所有的鞋子束之高阁，我不走，站立成孤立无援的一棵树，尽情地在往事的墙上捕风捉影。

我被时间赶进黄昏的栅，带着一颗被阳光丢弃的灵魂，一块被丢弃的刚刚擦过眼泪的纸巾。我不走，和那些怕潮湿的火柴一起缩在火柴盒里，惊恐地张望这个暗淡无光的世界。

思念是唯一没有熄灭的火焰，是唯一能冲破这重重雾霭，飞奔而去的鸟。在离夜的门槛大约几步远的地方，雨停歇，满天是血，不知又有多少喜欢发誓的人撞破了额头。

我是一棵孤立无援的树，不走动，不炫耀，浑身长满思想的叶子。

我的心，犹如一只盛满陈茶的杯子，再不能注入清新的水了。可是，当我看到夜里那一点点瘦弱的光亮慢慢地聚集，聚集成一盏灯笼时，我还是被它们点亮了。举着自己的心，蹚过夜的每一条河。那是萤火虫在用它们纤弱的身体指引灵魂的飞翔。它们随着风跑，随着风把梦想播撒，随着风浪迹天涯，随着风坠向山谷。

仿佛听得见微弱的歌声在夜里瑟缩着传出，这一刻，我高兴得战栗了起来，如同鸟儿在树梢挠我的痒。

"我是一棵秋天的树，稀少的叶片，显得有些孤独。偶尔燕子会飞到我的肩上，用歌声描述这世界的匆促；

我是一棵秋天的树，枯瘦的枝干，少有人来停驻。曾有对恋人在我胸膛刻字，我弯不下腰，无法看清楚；

我是一棵秋天的树，时时仰望天，等待春风吹拂。可是季节不曾为我赶路，我很有耐心，不与命运追逐；

我是一棵秋天的树，安安静静守着小小疆土。眼前的繁华我从不羡慕，因为最美的在心不在远处。"

裹在我身上的那些忧郁的丝绸正在一点点地剥落，仿佛一根蜡烛的融化。在这个月光普照的世界上，我把爱包扎好，重新放回心里。我知道，孤独让我受尽苦难也让我倍觉幸福，让我过于燃烧也让我十分宁静。比起每天都要挨一刀，每天都要抚平伤口的橡胶树来，我的痛苦早已微不足道。

我是一棵孤立无援的树，不走动，不炫耀，浑身长满思想的叶子。

我敞开胸襟，尽力挽留过往的风，挽留星空下一个个美好的梦，一颗颗忧伤的心灵。可是，从人那里传出的吵闹声把我惊醒。我是树，是上天派来镇守一方静谧与安详的，可是人破坏了这一切，他们在我的脚下摆满贡品，有的来认我做干爹，替他们打扫红尘中飘飘落落的烦恼；有的来许愿，替他们了断一生一世难了的情债。人，为什么仇恨总比恩泽难以忘却？为什么欲望之壑总是难以填平？为什么金钱看是一张纸，其实是一堵墙？为什么说一座座楼房就是一只只鸟笼？为什么有人身居豪门，一掷千金，有人却在流亡的路上，没有梦想没有祝愿？为什么有人妻妾

成群子孙满堂，有人却孤苦伶仃无依无靠？为什么有下岗有失业有不断高涨的离婚率？为什么有贪污有抢劫有日渐升温的犯罪新闻？为什么不停地给谎言鼓掌给犹大佩戴勋章？为什么长久地给欲望加油给撒旦扬撒鲜花……

　　生命一闪即逝，来不及多想，口袋里可能就多了一个需要怀念的名字，洇湿手帕。阳光依然浩浩荡荡，无边无涯地普照，给所有生命一个公平竞争的机会。人，你不该抱怨，你躲在阴影里是你愧对生活，你紧闭门窗挂上帘帷是你内心有悔。是花朵就该搬到阳台上来，是人就该和灵魂步调一致，排队领取阳光的恩赐；人，你不该挥霍，你可能拥有无上的权杖华丽的城池，但你不能阻止光阴之水从你身体的裂缝中流出。不能把拥有的一切贴上封条推进冷库，防腐保鲜。人，你要珍惜，哪怕你手中仅仅握着一枚叶子，那上面也一定刻着季节的珍贵留言；哪怕你身边只剩下一块石头，它也会告诉你这无常世事里一些光阴的秘密。

　　我是一棵孤立无援的树，不走动，不炫耀，浑身长满思想的叶子。

　　我可以断掉所有的臂膀，却不能停止歌唱。我要用歌声安慰我身上的鸟，不让它们受到任何惊吓；我要用歌声把遥远的乡下的蛙声粘住，放进流浪人的一只只口袋里；我要用歌声收拢起慢慢飞行的睡眼惺忪的天使们的翅膀；我要用歌声把幸福与平安的消息向人世传达……

　　太阳出来的时候，受了潮的火柴纷纷从火柴盒里探出头来晾晒。一阵风吹过，我不由得笑出声来，因为鸟儿们又在树梢上挠我的痒了。

因为那是生命

　　一天，在我家附近的一个垃圾箱旁，趴着一只流浪猫。大冷的天，它却在那里一动不动。妻子走过去，欲看个究竟，才知道那只猫刚刚死掉。妻子用手指探了探猫的鼻息，确定它彻底断了气，才把它埋掉了。我和妻子开玩笑，说她是悲天悯人的活菩萨。她说，不管尊贵还是卑微，每一个生命都值得敬畏。因为母亲告诉过她，不管什么地点，什么时候，都要以救命为第一。

　　她说她年轻的时候，有一次去厕所，看到了别人扔掉的一个弃婴。用棉布包着，她没敢多看一眼，就吓得跑了出来。回到家，和母亲说起这件事的时候，母亲问她，你能确定他没有气了吗？万一他还活着呢？在母亲的一再坚持下，两个人又一次来到了那个公共厕所，却不见了那个弃婴。不知道是被人抱走了还是被扔进了粪池。母亲不停地埋怨她。从此，她记住了母亲的话，再见到哪怕是小猫小狗被扔掉的时候，她也会看看它们是否断了气，如果没有，她会尽力去救助。她不再害怕死亡，因为在她看来，冷漠的心，比死亡更可怕。

　　同学小惠的丈夫开车不小心把人撞死了，死者家属索赔15万元，按理这本不算多，可是对于小惠家却是天文数字。没办法，只好把房子卖掉，再东借西借的，总算凑够了钱。中间人却让小

惠再等等，说拖上几个月再给，那家会主动把索赔价格降下来，估计12万元就可以搞定。然后让两家人见了面，一次一次为那些赔偿款进行着拉锯战。最后却是小惠"妥协"了，主动给15万元，一分钱也不想降下来。她说每一次见面，都会重新说起这件惨案，那家的女主人都会很激动，甚至抽搐。"没有比这更残忍的事情了，不是吗？"小惠深深体会到那种痛苦，"我们还有机会挣钱，她家的男人却没了，那可是一个生命啊！"

张姨和胖婶是邻居，也是一对谁也不让谁的"死对头"，几年来明里暗里争吵不断。可是有一次，胖婶却义无反顾地救了张姨。那天，胖婶亲眼看见张姨晕倒在家门口，二话没说，毫不犹豫地背起她就往医院赶。到了医院，整个人也累得虚脱了。医生说，多亏送来得及时，不然后果就严重了。张姨是脑出血，昏迷了两天，醒来后知道是胖婶救了她，泪水就流了下来，没想到这个老冤家竟然成了自己的救命恩人。胖婶说，命是最重要的，和命比起来，那些争吵和打打闹闹又算得了什么呢？

有人在博物馆里问一个画家，如果这里不幸失了火，你会去抢救一幅名画还是一只猫？画家不假思索地说去救那只猫。那人不解，画家说，因为那是生命。

辛德勒在列出那些要救赎的人的名单时说："这些名单是生命！名单以外是深渊！"

一颗心因救助而快乐，但在经历那些奄奄一息的生命那一刻，却始终小心翼翼着，如履薄冰。命是最重要的。在命面前，一切都显得微不足道。那些奄奄一息的生命被你遇到，正是上帝的旨意，让你敞开胸襟，救助那些孱弱的生命。施予别人温暖的同时，自己也收纳了上帝赐予的温和的月光，你的灵魂将变得温润。

一念菩提

　　早上和妻去早市，因为去得早，路上人不多。不远处的小区建设正在如火如荼不分昼夜地进行着，各种大型的车辆不停地往来穿梭。因那里地势较低，必须要全部垫起来才能开始建设。因为我们这里是煤城，所以大量的煤矸石就派上了用场，一车车的煤矸石陆续向这里运来。我和妻子看到其中一辆车的车厢里装满了煤矸石，或许里面有煤的缘故，时间久了产生了自燃，竟然着起了火。妻子说，要不要喊那司机一声，这是不是很危险啊。我说，不用大惊小怪的，就那几个煤块着了火，烧完了自己就灭了。妻子还是有些不放心，等我想去告诉那司机的时候，车已经开出去很远，没办法追上了。

　　本以为什么都没有，事情就这么过去了。没想到20分钟之后，远处传来了一声巨响，听人说，有一辆车，在运送煤矸石的时候着了火，结果那火越着越大，最后烧着了油箱，司机在爆炸中撒手人寰。

　　我呆愣在那里，因为我那一念之间的犹疑，一个生命瞬间就去了天堂。

　　我居住的小城，发生过这样的事情：

　　两个孩子在水库里溺水死去，他们的年龄一般大。

其中一个孩子的父亲在孩子死后，四处去上访，他的理由是，孩子出了事故，和水库的安全设施有很大的关系，水库设立的那个"不许游水、垂钓，发生一切后果自负"的标牌太小，不足以引起人们的注意。他持着这个理儿，找水库索赔。最后，他终于得到了一笔不菲的赔偿，但他却还是高兴不起来，他觉得再多的赔偿也换不回来儿子的生命，他还是每天都抑郁寡欢。

他一心只想着赔偿，心里装着的只有怨恨。

另一个孩子的父亲在最初的日子里，也是异常悲痛。每天他都要到儿子溺水的地方去坐一会儿，他希望能有奇迹发生，儿子突然从水中游上来，坐到他旁边对着他嬉笑。时常有孩子过来，要下去游水，他阻止了他们，告诉他们这里的危险。时间久了，他觉得每劝诫一次，都是在挽救一个生命。从此以后，他每天都要到这里待上一会儿，风雨不误。打那以后，水库里再没有人溺水身亡。当地的人都管他叫生命的保护伞。

他的心，终因那一次次劝诫而活过来，他重新拥有了快乐。他觉得，这是缅怀孩子最好的方法。

他一心想着如何不让悲剧重演，心里装着的只有爱。

一念天堂，一念地狱；一念叶落，一念花开；一念晨起，一念日暮；一念悲，一念喜……原来，世间一切，均源于一念之间啊！

一念菩提。

半饱的人生

　　有一个女性朋友正在减肥，赘肉倒是没减掉多少，可是通过减肥却总结出一套人生感悟来，令我们刮目相看。她说她现在一天的进食量是往日的一半，宁可少一点欠着一点，舒服，胃有空间，心灵才有空间。做人也是这个道理，她说，自己以前是个追求完美的人，凡事追求百分之百的满意度，可往往事与愿违。比如，朋友做了错事，就不予原谅，搞得朋友尴尬，自己疲惫，还错失了不少朋友。后来经过了一些事，也就渐渐想通了，人无完人，金无足赤。人非圣贤，孰能无过？如此自己也就多了一些包容，多了一些坦然。她认为，半饱不仅是对朋友的包容，更重要的是自己做事的态度，积极但不十全十美，尽人力，听天命，不给自己过不去，不给朋友找别扭，对人对事，半饱即可。这样的人生豁达而从容，宽厚而仁爱，幸福而美好。当你要求自己尽善尽美的时候，反而束缚了前进的步伐。

　　她总结出来的半饱理论同样适用于感情生活中。对待感情，夫妻之间的要求也是以半饱为好。很多夫妻一生都没闹明白，为什么夫妻感情从亲密无间渐渐地就变成亲密有间了呢？有人认为，夫妻之间应当不再有什么秘密，毫无保留才能证明夫妻感情的真实，实际上，夫妻之间如果彼此有一点私人的空间，不能视

之为对爱情的不忠，反而是一种夫妻相处的艺术。

香港人欧阳应霁在《半饱，生活高潮之所在》中说："半饱是一种完美的缺陷，一半的希望，再加上一半的耐心，才是一整片蓝天。对现实保持一种满足，对未来保有一分好奇，相信生活里头总有更好玩的事情，会在下一个阶段出现。"因为半饱，呵护好自己的肠胃，以及让精神时刻处于一种半饥渴状态，能让每一口美味的食物到达口中时得到最大的享受；因为半饱，当你在下一个街口发现了新的美食的时候，你才不至于胃没有了容量。

一位科学家拿两窝小白鼠做过一个实验，一窝给予充足的食物，另一窝只给予少量的食物，结果饿鼠的寿命是饱鼠的两倍。这说明在一定条件下，动物或人类的寿命是与摄入的食物量成反比的，或许半饱才是最恰当的生命状态。国学里也有"不饥而食、食不过饱"的说法，吃饭要吃七八成，做事留下三四分。半饱的人生，表面上看是亏损的，实则是丰盈的。

弘一法师放弃繁华，遁入空门；梭罗为躲避世事纷扰，独居瓦尔登湖畔的丛林；而被誉为"韩国梭罗"的法顶禅师，亦是隐居山林三十余载……他们都是半饱人生的典范。为人不要太过贪心，取舍有度，方为做人最上乘的境界。

只是，尘世中的人啊，又有几个能够忍得住眼前的饕餮盛宴呢？

一个人，无法安慰一棵草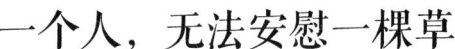

一个人，无法去安慰一棵草。更确切地说，是没有资格去安慰一棵草。

那个人说，他看到了秋风中白了头的一棵草的忧伤，其实那不是草的忧伤，而是他自己的忧伤。草白了头，依然在风中狂舞，有点儿像疯癫了的人。疯癫了就自由了，或许一个人，只有放弃了名利，才会卸掉枷锁，才会那么纵情欢舞吧。

一个人，无法安慰一棵草，相反，那棵草，却似乎在安慰那个悬崖边上的人。它在风中，用点头和摇头回答着那个人一个个古怪的问题。看样子，那是个失意的人，不是情场失意就是事业遭受挫败，满嘴酒气，摇摇晃晃，一副万念俱灰的模样。此刻，风的方向决定了他命运的走向，他把一棵草当成自己占卜的道具。

"我还有机会东山再起吗？我今天失去的财富和地位还会重新得到吗？"草点点头。

"我那为了事业而抛弃的爱情，还会回来吗？"草点点头。

他是幸运的，今天刮的都是顺风，所以草总是对着他点头微笑。

或许是草给了他鼓励吧，他终究没有跳下去，而是转过身，重新回到尘世。

人走了，风向变了。草对着那远去的人，不停地摇着头。

【 霜 降 】

　　一个人，无法安慰一棵草。因为一棵草，不论嫩绿还是萎黄，都不会太过悲伤。它们顺着风，顺着阳光生长和枯萎，它们把自然的生生灭灭，当作一件水到渠成的事。人却不一样，人是懂得追名逐利的动物，因此也多了许许多多意想不到的烦恼。这一刻是欢娱的，没准儿下一刻就郁闷了。让人心情坏掉的原因很多——别人升官发财了，别人获了奖，别人无端端得了一个天大的便宜，别人拆迁给的补偿款多了，甚至连别的穷人领了那么点儿低保都让人眼红。我在社区帮忙的时候，为贫困居民办理低保业务。见到了很多让人唏嘘不已的穷人，但也见识了一些假冒的穷人。一个妇女来到社区，进来就哭哭啼啼地诉说着家里的种种不幸，希望能给她办低保。我们提出去她家里进行调查，她遮遮掩掩地阻挡着，却终究没能挡住我们看到她家100多平方米的房子，空调、太阳能一应俱全，车库里还停着一辆桑塔纳。这样的家庭还需要低保吗？她却说，这些都只是表面现象，她家真实的状况是负债累累。我们自然不会因为她这蹩脚的谎言而让她得逞，那本来就是给穷人的钱，富人却还厚着脸皮来分一杯羹。

　　这一切的始作俑者，都是一个"贪"字。人的私心太重，满脑子便只有了自己。

　　当灵魂被贪欲浸泡得太久，就会不由得为了利益而做出一些伤天害理的事情。一个玩笑说，一个中国人死了，倒在地上，拍扁了就是一张元素周期表。就是因为食品中的添加剂和有毒金属太多。多么辛辣的讽刺！

　　一个人，无法安慰一棵草，其实，一棵草，也无法安慰一个人。如果换作是我去和一棵草对话，我只想和它说：今生，你当草，我为人。来世，你为人，我当草。

　　草一会儿点头，一会儿摇头，不置可否。因为它不知道，做人到底有什么好。

争气永远比生气漂亮

我有一个性格外向开朗的朋友，承包了一个小煤矿，干得还算顺利。他的性格有些张扬，几个有资历的矿主打心眼里瞧不起他，有一次在酒桌上，一个很牛的矿主就和他说，你现在到底有啥啊，凭什么这么张狂呢？他说："我可能现在什么都不如你，但是有一样是你不如我的，那就是年龄。你比我大10岁，这10年之间发生什么，谁都不可预料。年轻，就是我的资本。"

一席话，让那些财大气粗的矿主们哑口无言。

他这些年经历的挫折，外人很少知道。他总是将那坚强乐观的一面示人，殊不知，很多时候，他就像一只被捉住的鹰孤傲倔强不肯认输，只是在夜深人静的时候独自用嫩黄的喙梳理杂乱的羽毛，用粉色的舌头小心舔舐自己的伤口。然后，在第二天，继续高昂他的头颅。

他说生命是充满变数的，谁也不敢说自己可以做一辈子的王，也没有人愿意承认自己甘愿做一辈子的奴仆。"你可以看扁现在的我，但永远不要低估将来的我。"这是他为自己写的座右铭。

我有一个身在农村的表弟，在他身上，我领略了另一种截然不同的生活态度。

　　表弟总说，别人总是看扁他，他觉得自己再也没脸活下去。

　　他是个自卑的人，总觉得自己处处不如别人，总喜欢和亲戚邻居们攀比，比较的结果就是最后数他的日子过得最差。按理说，他是个很勤劳的人，日子本不应该过成那个样子，可是他遇事不经大脑，脾气也倔强。总喜欢不停地往家里买各种机器，就那么几垧地，买这么多铁疙瘩根本用不上几次，而且三天两头的不是这里坏了就是那里需要换零件了，更多的时候是闲置在那里，生了厚厚的铁锈。亲戚们怎么说他也不听，一股不撞南墙不回头的驴憨劲儿。自己还总是怨天尤人，说老天爷不开眼，这么拼命干活却换不来好日子。面对亲朋好友的贬斥，他不反思，反而更加郁闷，给自己买了两个手机，分别办了两张卡，把别人看扁他的话都编成了短信，然后用这个手机发到那个手机上，再从那个手机发到这个手机上，翻来覆去，让他的苦闷在心间产生了对流，终日里挥之不去。他就这样不停地被他自己的苦闷折磨着，终于有一天，精神崩溃，喝了农药。所幸抢救及时，命救过来了，思想不知道能不能渡过来。

　　其实，如果他能反过来，把那些别人看扁他的话当成一种激励，多去想一想生活中点点滴滴的快乐，那么，这快乐的露水一定会一点一点聚集，最后聚集成快乐的海洋。那样就会是另外一种结果了。

　　生活的艺术更像是摔跤而不是跳舞，既要站得稳，还要时刻准备好迎接突如其来的打击。

　　人生在世，很多时候我们不得不面对冷漠的面孔、嘲弄的眼神甚至恶意的中伤、阴险的陷阱……但无论我们周围的世界怎样令人痛苦不堪，无论我们心灵的天空如何阴霾密布，我们都应当笑对人生。

张小娴说："与其因为别人看扁你而生气，倒不如努力争口气。争气永远比生气漂亮和聪明。"

就凭你，能行吗？人生路上，我们经常会遇到这样的质疑，此刻，你需要说一句：我能行。永远不要忘记当初的梦想并去坚守它，如果它是天上的星星遥不可及，不妨先让它变成枕边的油灯。